葵十月
KUI
SHIYUE
著

塔溺
Tower

四川文艺出版社

闰月在想，

又一个夏天过去了，她还是老样子。

别人写的那个夏天是热浪，

是蝉鸣，是激情岁月，

她记忆中的夏天，

是小镇上那个穷同桌送的

两毛一支的白糖棒冰，

那股甘甜仿佛此刻就在舌尖弥散，

很劣质的糖精味，

却给闰月勾勒了一个独一无二的夏天。

"你遇到他的那天，风速是每秒几米？"

"他……"闻月的第一反应居然是许雾，

她说，"我遇到他的那天，风速是每秒四点四米。"

闻月紧接着回答道："四是我的幸运数字。"

"请问这位先生，你喜欢她时，风速每秒几米呢？"

"六点六米。"

"为什么是六点六米呢？"

"比起她喜欢上我，我更希望她万事顺意。"

Contents 目录

二〇一四年十一月六日，闰月发现了一个秘密：

许零喜欢自己。

第一章

荠尾巷 99 号

二〇一七年三月，茗市连下了三天雨，今晚依旧暴雨如注。

从高层公寓的窗子望出去，黑云笼罩，死气沉沉，餐厅的吊灯忽闪了一下，丝毫没有打断饭桌上的人说话。

"妈，我们搬到上乌巷去住吧，离学校近，早上还能多睡至少四十分钟呢。"

闻池贺这话一出，全家人都抬起了头。

家里为了闻池贺上附中，早年在上乌巷买了一套学区二手房，现在完全称得上老破小了。

闻池贺在附中上初一，闻月在他隔壁的池川中学念高二。家离学校远，每天来回要两个小时左右。

早上一般由池芦芝送，晚上放学闻松去接。如此两个家长也挺累的，不过还真没想过搬到那个老破小里去住。

闻月一脚踹过去，问："你搞什么鬼？"

她才不信这么娇贵的人，肯去那个什么巷子里住。

闻池贺嬉皮笑脸地继续劝说父母："妈，反正最多也就住两年多，等我初中毕业，我们再搬回来呗。"

"闻池贺！"闻月用眼神警告他。

"你再敢多说一句，我就用筷子夹断你的舌头！"

池芦芝很快发话道："那这周末我和你爸过去看看，可能要添置点家具。"

"谢谢妈！"

"嗷！"闻池贺偷偷朝她做出胜利的手势。

看到他那副嘚瑟的样子她就火大。

"我不想搬。"

池芦芝好言劝道："搬过去你也能多睡会儿，大家都轻松些。我女儿这么懂事，肯定能理解的是吧，你爸上班那么辛苦。"

闻月转而看向闻松，男人以一副事不关己的样子说："听你妈的。"

又是这样。

闻月回到卧室，心里堵得慌，凭什么闻池贺说什么就是什么，她的想法从来没人考虑。

今晚这场雨越下越大，物业在微信群里通知业主们把地下停车场里的车挪上来，免得晚上雨势不减，水漫进停车场。闻松收到信息后准备下楼，池芦芝带上垃圾也一道下去了。

闻月坐在书桌前，听着空调外机呼呼的声响，还有隔壁房间传来的兴奋叫声。

窗玻璃外的雨水歪歪扭扭地流下，割裂了她心底最后一道防线。

今晚她没敲门直接进了闻池贺的房间，摘掉他的耳机扔在桌上，给眼前人下令道："去跟爸妈说你不想搬了。"

"我不。"电竞椅上的男生好像又长高了不少，但那副贱兮兮的样子是一点也没变。

"我很好奇，你为什么突然想搬到那边去？"闻月不理解，也想不通。

"要你管，"闻池贺重新戴上耳机，打开游戏开始赶人，"出去帮我把门带上。"

闻月真想一脚把他从二十二楼踹下去。

他的房间只要几天不整理，就会乱得无从下脚，书柜里的书没几本是老老实实立着的，横七竖八地堆成小山，地板上随处可见废纸和漫画书。

闻月踢到东西的时候下意识低头，是闻池贺六年级的作文簿。那页纸上的标题是：我的名字。

"我叫闻池贺，闻是爸爸的姓，池是妈妈的姓。爸爸妈妈说为了庆祝我的到来，所以给我取了'贺'这个字……"

他的字很丑，后面的内容闻月没再读下去，垂在裤缝边的手慢慢攥紧了。

闻月小学的时候经常有老师说她的名字好听，要她和大家分享一下其中的寓意。

她问过爸妈，为什么给她取这个字。池芦芝说随便取的；闻松说想到"月"字就用了，没有为什么。

闻月不想如实说，于是自己编了一个寓意。

她说："因为我是晚上出生的，爸爸妈妈希望我能成为像明月这般纯洁无瑕，拥有高洁品质的人，所以给我取了'月'这个字。"

事实上，闻月是清晨出生的。

池芦芝和闻松工作忙，闻月小时候便被寄养在爷爷奶奶家，直到她考上池川中学，才回到父母身边。

她小时候一直不明白，为什么弟弟可以一直跟爸爸妈妈生活在一起。大一些才知道，原来她就是重男轻女家庭里的那个女孩。

为了让闻池贺在城里上小学，爸妈在茗市买了房。为了让他顺利进入附中，爸妈早早地在上乌巷买了套老破小。

她听得最多的话是：

"你是姐姐，得让着弟弟。"

"你是姐姐，你跟弟弟计较什么？"

"你是姐姐，得懂事些。"

这些又不是姐姐的义务，为什么要这么要求她呢？

以前跟奶奶住在乡下的时候，她常从大人口中听到一句话：会哭的孩子有奶吃。

小时候她不理解，现在明白了。

偌大的房间里，她能清晰地听见自己的呼吸声，那些曾经压抑在心底的情绪，像沸腾的岩浆一样不断地翻滚，终于爆发了。

她拽掉闻池贺的耳机，狠狠地砸在地上。

这耳机是他攒了三个月的零花钱买的，被砸后他也火了，吼道："闻月，你有病吧！"

闻池贺几乎不叫她姐姐，爸妈也没告诉他你得喊姐。他们只会要求闻月，这是你弟弟，你这个当姐的该怎么做。

她冷脸回撑道："放着公寓不住，要去住小破巷子的人才有病！"

"疯子，难怪爸妈不喜欢你。"

那小子嘟囔了句，彻底把闻月惹恼了。

"有种你再说一遍。"

"疯子！"

从小到大两人打过不少架，没有一次像今天这么认真。外面的雷雨声掩盖了大半骂声与惨叫。

闻松和池芦芝回来的时候，闻池贺躺在地上号叫道："妈，姐打我！"

闻月一脚踹在了他屁股上。

池芦芝冲进去把两人分开，道："干什么？谁家姐弟这么大了还三天两头打架，丢不丢人？"

她转头责备闻月："你做姐姐的，不能让着点弟弟吗？"

又来了。

闻月的头发被抓得乱糟糟的，耳边也被闻池贺抓花了，池芦芝眼里只有闻池贺。

"妈，我的手断了。"半躺在地上的闻池贺没了刚才那股嚣张的气焰，哭腔听起来虚弱又委屈。

"闻松，快开车去医院。"

池芦芝急匆匆地拿上医保卡，出门前指着她说了句："搬家的事就这样定了，谁再动手，这学期的零花钱一分也别想要！"

闻池贺真脱臼了。

肘关节脱位。

窗外的雨不知何时停了。

闻月拖着行李箱走到路边打了辆车。

"师傅，去江北春潭小区。"

出租车停在茅尾巷的路口，这边她没来过，眼下反应过来心慌不已。

"姑娘，前面施工车过不去，你看你要不在这边下吧，"师傅指着旁边的小巷说，"这条巷子走到头就是春潭小区了，我要是绕一圈给你送过去，你不划算啊。"

她打开导航看了眼，前面确实就是春潭小区了，她悬着的心这才落下。

"那我就在这里下吧，谢谢师傅！"

"不客气！"

好端端的晚饭被搬家的事一搅和，她也没怎么吃，这会儿饿得肚子咕咕叫。

她下车的地方有家面馆生意很好，店里人多，闻月把行李箱放在门口，准备进店打包两份红糖糍粑。

她前脚刚踏进去，旁边桌的阿姨就激动地喊道："小姑娘，你的箱子！"

闻月立马回头，一个戴黑色鸭舌帽的男人拖着她的行李箱跑了。

这都什么破事儿，红糖糍粑没心思买了，闻月拔腿追了出去。

芥尾巷弯弯绕绕，这地方她第一次来，加上天黑，心里多少有些不安。

看着抢她箱子的男人跑进一条没有路灯的漆黑巷子，闻月脚步慢下来，打开手机的手电筒再次追了过去。

她拐进那条黑黢黢的巷子时，手电筒的光刚好照到一个戴黑色帽子的身影钻进了左侧的小院里。

闻月冲上去，踹开快合上的门，一把揪住男人的后领，一边喘气一边骂："跑啊，你个畜生敢抢我箱子！"

闻月呵斥一声，接着说："一个大男人有手有脚不去挣钱，做这种偷鸡摸狗的事情，小心下辈子还是个穷鬼。"

这人居然乖乖地站着，一点反抗的意思也没有，只是脖子被勒得难受，他咳了几声。

闻月环视一圈没看到自己的箱子，这家伙手脚这么快。

她质问道："你把我行李箱扔哪儿了？"

"我没拿你箱子。"开口是一个很年轻的声音。闻月皱眉，拿手里的手机对准他。

她刚才抓的时候动作快，连着他外套里面那件衬衫也一起揪住了。惨白的光下，闻月清楚地看见他衬衫后领被板刷刷烂了一块，脚下那双帆布鞋也穿得发黄了。

男生趁她不注意，挣开她的手微微侧身，问："你行李箱在哪里丢的？"

他帽檐压得低，看不见眼睛，只能看到半张瘦削的侧脸。

"在哪儿丢的你不知道？装什么傻？你把行李箱还我，这事就算了，不然我报警了。"闻月说着晃了晃手机。

男生也不拦她，提了提手上的塑料袋说："我是从药店回来的。"

闻月视线向下移，袋子上面印着药房的名称。这家店她刚才在导航上看见过，和面馆是两个方向。

她又仔细看了看，袋子里头装的是一盒退烧药，怪不得刚才揪他领子的时候，觉得他身上热气很足。本以为是他剧烈奔跑导致的，原来是发烧了。

看他这气色，确实也不像是有精力抢东西的人。

闻月关了刺眼的灯，和他道歉："对不起！误会你了。"

他发烧睡了一天，头痛还浑身乏力，被人逮着一顿骂，连生气的力气都没有。

"没关系，可以理解。"

她又小声说了句抱歉，然后退出他家院子，帮人把门带上。

出去后，闻月看了看周围的房子，怎么都长得差不多。刚才拎走她箱子那人为了甩开她，转了百八十次弯，害她一时间分不清该走哪条路回去，就站在那人家门口给闻津打电话。

"小叔，我来江北找你了，行李箱被人抢走了，我没追上他。"

"你在哪儿？"闻津没问其他的，立马套上外套拿上车钥匙出门。

"我也不知道这是哪儿。"

"你发定位给我。"小叔话刚说完，闻月头顶的灯亮了。

昏黄的灯光下有一块蓝色的门牌：荠尾巷 99 号。

闻月透过门缝发现，他还站在院子里。

"能听见小叔说话吗？"

她突然没了声音，闻津顿时急了。

"听见了，我在荠尾巷 99 号。"

听到准确地址，闻津才松了一口气说："原地等着，五分钟。"

同一座城市，江北今天一滴雨也没下，春风带着微微的凉意吹在脸上，让人感觉很舒服。夜晚的巷子里静谧无声，男生隔着一道门听清了他们所有的对话。

他给她开了灯，准备进屋吃药。门外的女生又说话了："喂，谢谢你！"

他没理。

"我叫闻月，你呢？"

他还是没出声。

"我知道你在，我看见你了。"

少年回头和她在半掌宽的门缝里对视，不过天太黑，只有在暗处的他能看清她的脸。

"我那箱子真不是你拿的吗？"

男生转身就要走。

"哎！开玩笑的，我相信不是你拿的。"

男生声音略哑地说："门没锁，你害怕的话可以进来等。"

"谁怕了？"她缩成一团靠在墙边嘴硬道。

男生说完进屋，客厅的光从窗户漏出来，院子里又亮了些。闻月看到他们家院子里堆了很多大小不一、形状各异的旧纸板箱，旁边还有一捆压平绑好的。

家家有本难念的经，这话一点不假。

闻津很快赶到。

"小叔！"闻月招了招手跑过去。

"人没事吧？"

"没事，就是箱子丢了，我身份证还在里面。"

"明天去报警吧，好几个路口都有监控，应该能找回来。"

闻月跟在小叔后面，时不时回头看一眼。

"你看什么呢？"

"没什么。"

他们走出那条巷子，身后又恢复了一片漆黑。

快到家的时候，闻月说："小叔，我跟闻池贺打架了。"

闻津接到她电话的时候就猜到有事发生，他问小姑娘："受伤了吗？"

闻月一边侧过脸给他看自己耳边的两道血痕，一边说："我把他手肘弄脱臼了。"

闻津扭头看了她一眼，她低着头，小脸被风吹得微微发红。

"受委屈了吧？"

闻月拨了拨路边的叶子，轻飘飘地说了句："习惯了。"

闻津有点心疼地说："以前那个委屈巴巴地拽着我的手一边哭，一边说自己被欺负了的人哪儿去了？"

"那都是小时候的事了，现在长大了。"

闻津笑笑没说话，他知道这不是长大，是失望。

"小叔说过，不论你做什么，我都一定会站在你这边，这次也一样。"

她没说话。

闻津摸了摸她的头说："你可以永远相信小叔，就像小叔永远相信你。"

闻月悄悄抹了一下眼睛道："嗯。"

第二章

优秀少年

闻津有个朋友叫江锦声，在派出所工作。

晚上，小叔给这位朋友打了个电话。他答应帮他们调监控查查，但是不能保证一定可以找回来，建议闻月先去挂失一下身份证。

第二天是周六，派出所的工作人员不上班。

闻津见小姑娘恹恹地趴在桌上，安慰道："别担心，会找回来的。"

她摇摇头，不是这个事。

"我不想搬到上乌巷去。"

那个老房子格局不好，两个房间一个朝南带独卫和阳台，另一个朝北。她此刻都能想象到，她妈让她把那个朝南的房间让给闻池贺的样子。

昨天晚上池芦芝从医院回去，发现闻月不在，便给闻津打了个电话，也说了一下姐弟俩打架的原因。

闻津听完说了句："大嫂，一碗水就算端不平，也得尽力去端。"

闻月住在爷爷奶奶家的时候，池芦芝很少关心她。除了寒、暑假会来接她回去，其余时候仿佛没有生过这个女儿。

闻津给她冲了一杯燕麦片说："趁热喝了。"

"小叔，你什么时候回来？"

她指着他随手放在茶几上的护照问。

闻月读初中的时候，闻津在老家峪县的一所普通高中当化学老师。她上高中以后，闻津被调到市里的春潭中学任教，他计划教完这个学期离职，出国深造。

闻津坦言道："可能三年，也可能五年。"

小姑娘有些失落，叹了口气。

闻津怕说下去她会更难过，于是换了个话题："晚饭想吃什么？"

她抱着抱枕倒在沙发上说："随便。"

还没讨论出个结果来，她就睡着了。

闻月这一觉睡得昏天黑地，醒来的时候已经六点了，隐约能闻到隔壁家的饭香。

小叔正坐在餐桌上批试卷，见状问："醒了？"

"嗯。"

"饿了吧，想吃什么？"

闻月顺了顺头发走到零食柜前面拿了一包饼干，边吃边说："等你改完卷子，我们去吃烧烤吧。"

"能等吗？"

"能。"闻月放下饼干说，"我帮你算总分吧。"

"好。"

"小叔，你要改多少份啊？"

闻津抬头答道："一百六十份左右。"

她吃惊地问："你现在教四个班？"

"两个，楼下办公室的化学老师生病住院了，她教的那两个班，最近都是我在带。"小叔把改好的答题卷递给她说，"六十分以下的，不用写分数。"

第一张卷子就是不及格，闻月拎起来观摩一番，这人咋啥也不会写。

她轻轻弹了弹闻津在题号旁刚打的零分说："小叔，你这是歧视差生啊。"

"我是那种人吗？这是他们自己提的。"

"你会不会让他们带回家签字？"

闻津喝了口水说："我不会，楼下办公室的老师会。"

闻月一连算了六张卷子，最高分只有七十二分。

"这张卷子很难吗？"

"你要做吗？"

她摆手道："算了，我也是差生。"

闻津看她一眼说："你什么水平你妈不知道，我可是一清二楚。现在的目标还是檀大的临床医学吗？"

她翻着卷子，假装听不懂地说："谁说要考檀大了？就我这分数，可配不上这么好的医学院。"

"你现在考多少分？"

"上次月考四百七。"

闻津眉头一皱，问："年级排名？"

"不是，是总分。"

满分七百五，考了四百七，男人静默片刻，问："怎么回事？"

闻月初中时成绩很不错，当初她考池川还是闻津接送的。考场门口候着一群家长，孩子们出来的时候个个表情凝重，只有闻月是笑着冲出来的，一上车就说稳了。最后她以第九名的好成绩考进了池川中学。

这落差太大了，闻津觉得她在开玩笑。

"数学零分。"

闻津一听，停笔问："缺考了？"

"没有，不会写。"

"说清楚。"小叔突然严肃地说。

闻月坦白道："拿到卷子我先看的最后一题，第三小问太难了。我跟它死磕到最后一分钟也没算出来，干脆一个字也没往上写，直接交了白卷。"

见小叔想说话，她立马学着他的语气把他要说的话给说了："我知道，不能这样，会做的题一定要先做，该拿的分一点也不能丢。巴拉巴拉……"

小叔听罢，又绕回去问："目标呢，变了吗？"

她只好回答："暂时没变。怎么就聊到这儿了？快快快，赶紧批，批完我们出去吃烧烤。"

闻津重新拿起笔说："一定要好好学。"

"知道了。"

八点钟，闻津改最后一张卷子，闻月在一旁看着。

"这女生的字写得真好看。"

"这是男生。"

"哦……抱歉，男生。"

她看着小叔改完后顺手把分结了。

"竟然满分。"

闻津毫不吝啬地夸奖道："这个男生一直很优秀。"

她刚才算了一百多张卷子的总分，平均分在七十五左右，最高的也才九十。

"小叔，给我看看。"

闻津递给她，她下意识去看密封区。

班级：高二（14）班。

好巧，她也是十四班的。

姓名：许雾。

"许雾？"她右眼皮突然一跳。

闻津收拾好卷子搬来电脑开始登记分数，听到这个名字说了句："不是同名同姓，就是你当年捉弄过的那个初中同学。"

小叔这么直接，搞得她很尴尬。

闻月半天没说话，盯着手上的卷子看得出神，男人打了个响指问："发什么呆呢？"

"没什么。"她转而催促小叔，"快快快，早点搞完，我们早点出去吃东西。"

八点半，两人出门吃夜宵。

闻津开出小区问："去哪家吃？"

"西小后门那家。"

"那家去年年底就搬走了。"

"搬哪儿去了？"

"职校边上。"闻津转方向盘掉头，往职校那边开去。

职校西门外有一条美食街，这会儿正好是高峰期，每家店门口都坐满了人。

美食街不太卫生，闻月走了没几步，脚边又是塑料袋又是竹扦的。

"还吃吗？"闻津问她。

闻月大步一迈，跨过那堆垃圾说："吃啊。"

这家烧烤店搬到这边以后规模扩大了一倍，顾客也比以前多了许多。

老板娘看到他们，热情地招呼道："两位吗？喜欢坐里面还是外面？都有位置的。"

闻月看了一圈说："外面吧。"

闻津指了指菜品区说："你先点，我接个电话。"

闻月把选好的串儿分成两份递给老板娘说："左边微辣，右边不要辣。"

"好嘞。"

等串儿的过程很无聊，闻月的目光四处游走。隔壁是个大圆桌，坐了八九个男生，看起来跟她差不多大。

下一秒，其中一个男生开始疯狂流泪，非要大家跟他一起合唱

《祖国不会忘记》。

男生拿起两根竹扦指挥："一、二、三！山知道我，江河知道我，祖国不会忘记，不会忘记我！"

他这一嗓子，周围的目光全汇聚过来了，旁边的男生赶忙捂住了他的嘴。

"嗯——"

同学甲咬牙安抚他道："在外头唱扰民，等会儿去能唱歌的地方唱哈。"

男生不停地挣扎，想继续唱，场面有些滑稽。

桌上仅剩的两个冷静的人视若无睹，在聊其他事。

"听说你拒绝池川了？"

"嗯。"

"池川？"闻月听到自己的学校，下意识转头看向说话的人。

说话的两个男生背对着她，她只能听到谈话内容。其中一个穿着春潭中学的校服，另一个穿着白衬衫。

校服男问："为什么不去？"

白衬衫男说："不想去，现在这样挺好的。"

闻月端详了一番右边那个背影清瘦的少年，他脚下的帆布鞋有点眼熟。

又听他说了几句话，闻月才确定这是昨天晚上被她误抓的人。

烤串儿很快上桌，闻月问老板娘要了两瓶北冰洋。这会儿店里客人多，老板娘没有给她打开，也忘了给她开瓶器。

闻月拿筷子撬开，瓶盖飞了出去，正中"白衬衫"的后背。

那人明显愣了一下，然后回头。

闻月赶紧道歉："不好意思，我不是故意的。"

他的目光在女生鹅黄色的长裙上停了几秒，然后顺着她手上的筷子向上移，最后说了句："没关系。"

这回换闻月愣住了，少年五官并无多大变化，只是脸更白了，棱角更分明了些。

旁边那个校服男直愣愣地盯着她看，随后凑到男生耳边说："她脚上那双鞋三千元。"

闻月听到了，下意识看向自己的鞋。这双鞋是她前年考上池川中学的时候，小叔奖励给她的。

男生没说话。

校服男又扭头看向她。

"李夏林！"许雾叫了他一声，他才回头。

"吃完我先回去了。"

叫李夏林的校服男"啊"了一声，问："你不跟我们去唱歌啊？"

"我有事，先回家了。"

"大晚上的能有什么事啊？"

"身体不舒服。"

彼时闻津正好打完电话回来。

闻月一边撸串儿，一边问："怎么打了那么久？"

"江叔叔说你的行李箱找到了，让我们明天过去拿。"

"明天不是周日吗？"

"他明天在所里。"

"太好了！"

自打闻津坐下以后，李夏林频繁回头，闻月就当没看见。

"想什么呢？"闻津问。

闻月喝了一口汽水，冰凉的橘汁味冲淡了辛辣，她笑着说："在想这个点闻池贺上数学补习班痛苦的样子，他不爽我就开心。"

她举起汽水跟闻津碰杯道："我的行李箱也找到了，好事成双，走一个。"

闻津满足地喝了一大口，忽然注意到她面前堆着的竹扦，问：

"点了那么多，你都吃了？"

闻月一脸淡然地应道："嗯。"

她很喜欢吃烧烤，有时候闻池贺跟着她一起吃，被池芦芝发现后又是一顿臭骂。

这会儿她妈不在，她想吃多少吃多少。

两人后来还点了一些素菜，吃完九点多了。打算走的时候，正巧隔壁桌也准备散场了。闻津一转身看到了眼熟的校服，顺着人头看过去，有几个熟面孔。

"你认识？"

闻津付完钱，边走边说："看到许雾了，最近好几个私立学校想挖他过去。"

"他这么抢手？"闻月回头，目光又落到那个背影上，远看越发单薄了。

第二天上午两人去了派出所，闻月第一次听到江锦声这个名字的时候，以为对方是和她小叔差不多性子的人，或许会比他更死板些。

没想到这位叔叔这么幽默热情，见到闻津便闲扯个不停，还硬要把桌上那瓶饮料塞给她。

值班的女民警把行李箱推出来，跟小姑娘说："打开看看有没有少东西。"

闻月蹲下解锁，卡扣松开的时候，她没有第一时间打开箱子，而是有点为难地看着小叔。

"怎么了？"

"没事。"

女民警反应过来说："你们先去隔壁会议室坐一会儿吧，我陪她检查一下物品。"

闻津低头看着小姑娘说："那你有事喊我。"

她点点头。

"开吧，看看有没有少什么东西。"

闻月那天火急火燎地离开家，东西全是乱塞的，一打开就能看见内衣。她从夹层里翻出钱包，零钱、超市卡这些都还在。

她重新合上箱子，跟民警姐姐说："没有少。"

"那就好。"

民警姐姐去隔壁会议室喊人。

箱子找回来了，闻月心里的石头终于落下了。

周日的派出所分外冷清，大厅晒不到太阳，冷飕飕的。

闻月无聊地转着箱子，身后突然传来几声谩骂，三三两两的脚步声引她回头。

彼时闻津他们正好从会议室出来，一晃眼的工夫，大厅里多出好几个学生，其中还有几个熟人。

带他们进来的也是派出所的民警，管江锦声叫老大。

"老大，这几个学生在学校附近聚众斗殴，被我逮到了。"

闻月看见小叔皱了下眉。

七个人里有一个女生，怯生生地躲在最后面。挡在她前面的男生竟然是许雾，一起被逮的还有昨天一直回头看她的校服男。

小叔的目光在他们仨身上停留许久，学霸打架，难怪小叔要皱眉。

大概是担心江锦声碍于他的面子不好公事公办，闻津没说什么，道别后拉上闻月的行李箱带她走了。

派出所门口，闻津迟迟没有上车。

闻月趴在副驾驶的车窗上，和煦的春光落下来，令右侧脸颊微微发热。她眯着眼，一边听歌，一边等里边的人出来。

"小叔，你为什么不直接跟你朋友打个招呼？凭你俩的关系，一句话的事。"

"我不知道他们之间发生了什么，不好干涉。"

"那倒是。"

如果奶奶听说了这事，肯定又要说小叔这人太死板了。

半个小时后，三个人出来了。和他们互殴的那群人被江锦声留下了。

闻月在车门上敲了敲说："出来了。"

刚从派出所出来的三个人，自觉地朝老师走过去。

几个人喊了一声"闻老师"。

"先上车吧。"

李夏林拉开车门，发现车上还有其他人。

"这是我侄女，池川中学的，和你们同岁。"

昨晚把汽水瓶盖蹦到许雾身上的女生，居然是闻老师的侄女。

闻月侧目，那个女生在看她，两人视线相撞，谁都没有说话。

车子开出去，闻津问后排的人："发生什么事了？"

李夏林支支吾吾地解释道："就发生了一点口角。闻老师，我们真没挑衅他们，是他们先烦沈琦的，也是他们先动手的。"

沈琦低着头缩在角落里，听李夏林的意思，明明她才是那个受害者，可在闻月眼里，这位同学满身都写着"对不起"三个字。

"我相信你们。刚才在里面，事情的经过都交代清楚了吗？"

李夏林说："差不多了。"

"还有什么？"

"有个男的把许雾的手机给摔了，内屏坏了，对方不乐意赔。"

"我知道了。"

"老师，"李夏林战战兢兢地抬头问，"我们会受处分吗？"

闻津沉默的几分钟里，他们几个惴惴不安。

闻月在一旁看戏，不经意间回头，正好撞上许雾的视线。他神色平淡，似乎并未为此事焦灼。

过了十字路口，男人才开口道："不会。"

李夏林和沈琦明显松了一口气。

男人微微侧头和学生们说："事情解决完就别多想了，我请你们吃饭。"

闻月适时开口道："去胡桃小馆吧，这家餐厅的网上评价还不错。"

李夏林这人的坏心情来也匆匆去也匆匆，听到闻老师要请他们吃胡桃小馆，连忙应下说："好啊！"

闻月觉得今天副驾驶座的光线特别好，忍不住点开相机自拍。调角度的时候，她从屏幕里看到沈琦低着头，轻轻扯了一下许雾的袖子。

她在许雾抬眼前一秒锁上了屏幕。

"闻老师，我和沈琦还有事，就不打扰你们了。您在方便停车的地方，把我们放下就好。"

李夏林一脸疑惑地问："你不是说今天没事吗？怎么突然又有事了，是不是沈琦不想去啊？"

猪头，这种话能直接说出来吗？

女生小脸通红。

许雾帮她解释道："她答应家里人要回去吃午饭的。"

沈琦妈妈管得紧，李夏林思来想去说："那我还是跟你们一起走吧，谢谢闻老师！"

闻津理解，他在路口把学生放下，然后带闻月去胡桃小馆吃饭。

大半年过去，闻月已经不记得那顿饭味道如何了。她只记得闻津出国那天自己哭得很惨，搬家那天也哭了，而那位不想转到池川的同学，他的名字突然出现在池川中学高三（14）班的班级群里。

第三章

新同学

周五，月考的第二天。

监考老师卷起本子敲了敲讲台说："安静！"

十四班是最后一个考场，里面坐的都是吊车尾的同学。监考老师坐在讲台上一边写报告，一边提醒下面的同学："个别同学注意点，不要交头接耳，你那几个错误答案喊那么响，不嫌丢人？"

"闻月，闻月。"坐她斜后方的男生小声喊道。

最后一场考数学，闻月昨晚失眠了，刚写了半道大题，脑袋就不受控制地耷拉下来。

闻月困到缺氧，看东西都重影了，听见李居然的声音直接无视了。

"喂——"男生撕下一小片草稿纸揉成团，准确无误地砸在闻月的手臂上。

这人居然真砸，女生白皙光滑的手臂上立刻红了一块。

闻月不禁一抖，整个人清醒了大半，火气登时蹿了上来，压着声音骂了他一句："你有病！"

李居然看她把头埋进手臂里，赶紧拿长腿去踹她的凳脚。闻月唰的一下转过头去，怒气十足地说："滚！"

教室里鸦雀无声，四十一双眼睛齐刷刷地盯着她。三十九个同学加一位监考老师，还有那张熟悉的面孔。

校长秘书从教室后门进来，正好对上她那一声气壮山河的"滚"。

连监考老师都坐不住了，噌的一下就从椅子上弹了起来。

这下死透了。

女秘书看了闻月一眼，什么也没说，走向讲台同监考老师说了几句话，监考老师客气地给她赔笑，还指了指闻月。

闻月此刻无比清醒，心里盘算着这次检讨的开头该怎么写。

女秘书再次从她身边路过，拿走了她后面空位上的卷子。

监考老师咳了两声："别东张西望，注意考场纪律。"

茗市十月多雨水，偶有一阵风，行政楼前面的夏洛特夫人花枝乱颤。

校长办公室里，徐春祥拘谨地坐着，等待校长发话。

"徐老师，你们班上次月考成绩又是倒数第一，这次不会又是？"

满脸憔悴的男人搓了搓手说："呃……虽然上次垫底，但平均分比上学期期末考高了些。校长放心，我一定会严抓的。如果这次我们班还是倒数第一，今年的奖金我就不要了。"

校长爽朗笑道："你别紧张，我没别的意思。"

那您什么意思，徐春祥深吸了口气。

校长对秘书说："让他过来吧。"

女人推开隔壁会议室的门，男生把草稿纸上的答案誊写上去，然后抬头说："老师好。"

"卷子写完了吗？"

"写完了。"

隔壁的徐春祥坐立不安，无暇顾及进来的人是谁，满脑子只想着，校长什么时候放他回去。

他正脑仁疼，耳侧领导又发话了。

"这是春潭中学转来的学生，转到你班里。"

什么？

徐春祥猛地抬头，他们班的平均分已经够难看了，这塞进来的要是个差生，他今年的奖金可就真的要泡汤了。

"校长好，老师好。"

男生谦逊有礼，徐春祥快速打量了一番，刚想问校长这学生什么背景，校长主动介绍了。

"许雾，成绩非常好，"校长拍了拍男人的肩说，"你们班有福了。"

徐春祥以为自己听岔了。

校长真能把一个好学生塞到他这个次次倒数第一的班里？

这是唱的哪出啊？

"李校，"他凑到领导耳边，悄悄问了句，"您说的成绩好是有多好啊？"

校长轻声说："有望上清北的那种好。"

徐春祥小心翼翼地说："要不还是放到顾老师班里吧，他们班学习氛围好。"

校长收起笑容说："你以为我不想吗？是人学生点名要进你的班。"

"啊？"

他一回头，男生礼貌地微笑着把热乎的卷子递给他看。

这次月考的卷子是高三数学组自己出的，徐春祥试做的时候觉得最后两题有难度，能完全解出来的学生应该没几个。没想到许雾做出来了，而且用了很巧妙的解法。

"你研究过这种类型的题？"

"嗯。"

男生不仅解题思路清晰，字迹还工整，哪个老师看了会不喜欢？

不过，这么优秀的学生，为什么非要进他们班，徐春祥百思不得其解。

"行了，带人回班吧，有什么事以后再说。"

出了校长室，徐春祥松了一口气。回班途中，他和身侧的男生确认："你确定要转到我班里来？"

"徐老师放心，我不会给您惹麻烦的。"

彼时，校长给徐春祥发了转校生的信息。他初中在峪县一中一直是第一，还参加了不少比赛，并且都拿了奖。

池川这几年考进国内顶尖学府的人数在逐年下降，早听说校领导想去下面县里的学校挖好苗子。本以为只是说说，没想到真挖来了一个，怎么之前一点风声都没有。

校长最后叮嘱了一句："这学生家庭条件不太好，你平时多留意多关照，但是别太刻意。"

徐春祥快速浏览完消息，挠了挠头才想起回许雾的话。

"啊行，那什么，校服你领了吗？"

转眼看到男生身上已经穿着池川的校服了，又说："领了就行，教材你需要新的吗？需要的话，我去帮你领一份。"

"不用了，谢谢老师，我都带过来了。"

"那行，我带你回班吧，他们应该考完了。"

"好。"

池川中学有三个春潭中学那么大，两人边走边聊，到教室门口的时候，徐春祥对紧跟在他身后的许雾说："你刚转过来，难免会有些不适应，要是有什么问题，就到办公室来找我。我办公室就在前面。"

"谢谢老师。"

"应该的，以后你就是我们十四班的一分子了。"

男人话音刚落，一块湿漉漉的抹布飞过来盖在了他头顶。

班里顿时鸦雀无声，教室后面举着扫把和同学打闹的男生僵在原地。空中乱飞的作业本，因为没有人接掉在了地上。

许雾看着眼前一片混乱的景象，一时间不知道站在哪里才合适。

广播里突然响起《追光者》，徐春祥前面弯腰躲避的男生忽然回头，话语间透着得意："堂狗，你砸到老班了，哈哈哈哈——"

徐春祥压着心底的怒火，揭下那块脏兮兮的破布，深吸一口气说："想按时放学的话，就给我回位置上坐好。"

底下一阵骚动，所有人回到座位上。

徐春祥看了眼许雾，示意他走上讲台。

"给大家介绍一下，这是我们班的新同学，今后就跟你们一起学习了。"他做了个手势说，"你自我介绍一下吧。"

男生微微低头道："大家好，我叫许雾。"

话毕，安静了许久，坐在下面的同学毫不掩饰地打量他，从发丝到鞋子。新来的男生又高又瘦，脸白得像大病初愈的人，漆黑的发丝下有一双浓如墨的眼睛。

"这就没啦？"第一排的女生对他如此简短的介绍表示惊讶。

男生微微一笑，没说话。

后排的同学小声议论道："哪有人会在学期中转学啊？不会是在原来的学校闹事了，才转过来的吧？"

"你没看群消息吗？这是许雾，春潭中学的许雾，校长亲自去求来的呢。"

闻月左边的女生是他们班的班长，叫丛杪。丛杪是个花痴，忍不住冒了句："好帅。"

坐她后面的李居然转着笔，一脸不屑地说："你喜欢病秧子？"

"你嫉妒人家长得白？"

"我嫉妒个屁。"

"承认吧，人家就是比你帅，成绩也比你好。"

"爷笑了。"

"喀喀……"徐春祥清了清嗓子，底下学生自觉闭嘴。

他指了指闻月的方向，说："你先坐后面那个空位吧。"

闻月后面的位置一直没人坐，早就变成她的第二个储物柜了，她常用的书都在那张桌子上。

从杪轻轻推了推正在补觉的闻月。

闻月迷迷糊糊地问："放学了？"

"老班让新同学坐你后面。"她指了指空座位上的书。

她耳机里放着歌，从杪的话听清了一半：有人要坐她后面。

她把书拿回来，不知道什么时候扔在那桌上的两张糖纸飘到了地上，还正巧落在了一个人的脚边。闻月迅速捡起，头也没抬，抱着挪回来的书继续睡。

徐春祥的声音再度响起："刚才那两个在教室里打闹的，自觉点跟我出来。"

老师走后，班里重新沸腾起来。

距离放学还有十五分钟，值日生已经开始擦黑板了，其他同学三五成群地凑在一起讨论晚上去哪里玩。

闻月被吵醒了，喝了口水开始收拾书包。

旁边的从杪开始喋喋不休。

"你好！我叫从杪，也是班长，以后你有什么不清楚的事情都可以问我。"

"你好。"

从杪那不服气的后桌把头转到另一边，做一些鄙夷的幼稚表情。

她拧了一下他的手臂。

"这是李居然，居然的居然。"

许雾点点头。

从杪指了下许雾前面的女生说："那是闻月。"

闻月在抽屉里找东西，挂在课桌边上的校牌缠了一圈又一圈，照片上的女生扎着高马尾笑得灿烂，和现在这个烦躁的背影形成鲜明的反差。

从杪继续说："我们班各科老师经常会布置小组作业，按座位分组。原先是我们仨，以后就是我们四个一组了。"

"好。"

放学铃一响，原本聊在兴头上的同学们立刻一哄而散。

闻月去车棚骑车，旁边两个女生嘀嘀咕咕不知道在说些什么。她刚坐上去，其中一个喊了她的名字。

"闻月。"

她转过头去，对这两个女生完全没印象。

"有事？"

"听说你们班转来一个帅哥，那是他的车吧？"

闻月顺势看过去，一辆颜色非常骚包的山地车。

她反问道："你想知道？"

两女生一脸无语，废话。

"那你在这儿守着不就知道了。"

她不想听她们说话，故意疯狂拨铃，骑车走了。

闻月到家的时候，池芦芝在做饭，听到开门声她探头出来。

"贺儿呢？"

她随手把钥匙放在鞋柜上说："还没回来。"

"我早上不是跟你说，让你放学接他一起回来吗？"

她往卧室走去，进门前应了句："我早上不是也说了，我不会去接他的吗？他从学校走路回家也就二十分钟不到，这儿附近还有好几个男生和他是一个学校的。大家结伴一起回来，有什么不放心的？"

池芦芝听出了闻月的不悦，难得没说她。

闻月回房间放下书包后去浴室洗头，中途听到闻池贺咋咋呼呼的声音，洗好出来后，客厅里却异常安静。

她发现自己卧室的门开着，闻池贺正鬼鬼祟祟地蹲在她的书架前。

闻月光脚潜进去，发梢上的水珠急促地滴落，她把毛巾甩成条从背后箍住他的脖子："你干什么呢？"

男生猝不及防被勒住脖子，骂了句脏话，并说："找书！妈让我来的！"

她加大力道："这是我房间，我让你进了吗？我允许你动我东西了吗？"

他咳嗽几声，重复道："妈让我自己进来找的！"

闻月松开他，斥责道："滚出去。"

他从书架底层抽出一本书，轻轻拍了拍上面的灰："你今天吃火药了吧？找你借本物理书又没干吗。哟，这么心虚，不会这书架上真有什么秘密吧？妈——"

闻月拿毛巾捂住他的嘴把他撵出去，说："下次再敢擅自进来，我绝对揍你！"

"我绝对揍你，神经病！"闻池贺贱兮兮地学她说话。

和绝大多数姐弟家庭相爱相杀的模式不一样，闻月对闻池贺只有杀气，没有爱。

第四章

疯子

第二天周六，旧电箱旁的那栋老房子前停着一辆面包车。花知听说人到了，立马撂下手里的活跑去帮忙。

花知本姓张，五十多岁，身形略胖，穿着一条碎花裙，一双有年代感的矮跟鞋。大家叫她花知是因为她总穿得花枝招展，又什么都知道。

"小许，我跟你姨婆是好朋友。你姨婆没搬走前，我俩天天在一块儿打麻将。听你姨婆说你转到池川中学了？"

"嗯。"

他从面包车上把六个大行李箱拎下来，后背出了一身汗。爸妈在楼上收拾，只有花知在耳边叨叨的声音。

"高三？"

许雾敷衍地"嗯"了一声。

"哟，和闻家女儿一级。"

许雾抬头问："闻家女儿是？"

"叫闻月，前阵子闹了点事，"花知摆摆手，拧着眉小声劝道，"反正你离她远点就对了。你姨婆说你成绩可好了，你这要是成了状元，我们上乌巷都跟着沾你的光咧。"

花知笑得夸张，拍了拍许雾的肩膀。

许雾搬完最后一箱杂物，低声道："成不了状元。"

花知没听见，又扯着他聊其他的。

许宗良提了一袋茶叶从楼上下来说："张姨，这是我们的一点心意，以后多多关照。"

"哎哟，客气什么？"花知推拒道，"我跟春娟是老朋友了，互相照应也是应该的。"

许宗良把茶叶塞到她手上说："拿着吧，没多少钱。"

花知笑得灿烂，接过东西说："那你们晚上来我家吃，今天搬家肯定累死了，就别做饭了。小许，你去跟你妈说一声。"

上乌巷新搬来一户人家的消息，不胫而走。

下午的麻将室一如既往地热闹，闻月从那边经过，听到几人的对话。

"春娟怎么把房子卖了，不是说我们这片快拆了吗？"

"哪能啊，租的吧，这个节骨眼儿谁会卖？"

"自摸！"花知乐呵呵地把牌推了，一边收筹码，一边说，"你们知道个屁，人许宗良是春娟的外甥，一家人谈什么钱！恶俗。"

脖子上戴了条珍珠项链的女人鄙夷道："这话说的，一家人就能给你白住？亲兄弟还明算账呢。"

花知抛出色子，凑到几人面前小声说："我听春娟说她那个外甥得了什么病很难治的，干不了重活，一干就咳得凶。你们说他这样的身子骨能挣几个钱？老婆还是个哑巴。这一家人可怜嘛也是真的可怜。春娟一直就是有钱人，早年做家纺生意又赚了那么多，她搬走后那房子空了那么多年也没租出去过，说明人家不在乎这点小钱呗。亲戚有难她拉一把，将来许宗良的儿子出息了，还念得她这个姨婆的恩。"

有人附和道："这么说来也是。"

花知嘴一瘪道："我说的能有错吗？五筒！"

戴珍珠项链的女人道："碰，九万。"

闻月走远了，花知的声音也渐渐远去。

这上乌巷家家户户大大小小的事，只有花知不想知道的，没有她不知道的。

手机振动几下，闻月点开微信，三人组的群聊里多了一个人。

丛杪：我把许雾拉进来了。

李居然发了一个微笑的表情。

阴阳怪气。

闻月心里一边吐槽，一边跟了个微笑的表情。

丛杪分别私聊两人：你俩干什么呢！对新同学友爱一点！

闻月马上又去群里发了个表情包——"热烈欢迎"。

她没吃午饭，去便利店买了份乌冬面，还给自己加了个蛋。

下午的阳光晒得人懒洋洋的，直犯困。闻月吃完东西，戴上耳机在便利店睡了一觉。

周六下午客人少，店员整理完东西，站在柜台前发呆。

有人进来，她猛地打起精神来说："欢迎光临，热狗两根九块九，新品面包打折。"

"请问有牙刷吗？"

店员小姐姐亲切地给他指了个方向说："在那边的货架上。"

"谢谢。"

"不客气！"

许雾走过去，看见窗边趴着一个女生。便利店的落地窗没有窗帘，她埋头窝在肘间，头顶的发丝被阳光烘烤着，仔细看会发现，还冒着若有若无的烟。

女生放在拉面碗旁边的手机突然振动，她惊醒过来，许雾立马低头背对着她挑选货架上的牙刷。

闻月看了眼来电显示匆匆离去，压根儿没注意到身后的人。

"你好，结账。"

"一共二十五元，微信还是支付宝？"

"现金。"许雾递了一张五十元过去。

"好的，收你五十元，找你二十五元。慢走，欢迎下次光临！"

许雾从便利店出来，头顶热烘烘的气流像一个玻璃罩。他回到家，见常莲对着茶几上一堆针线看得出神。

"妈，我回来了。"

常莲不为所动，等他走近她才回过神来，拿起针线舞着手，有什么话要跟他说。

"妈……啊呜……菜……嗯……钱……"

许雾明白她的意思，她想说："妈想去当裁缝挣钱。"

在此之前，常莲天天骑着三轮车挨家挨户收废品供他读书。邻里街坊很照顾他们，纸板箱和塑料瓶都特意给他们留着。

搬来上乌巷的前一晚，许雾跟常莲说以后不要去收废品了。

他们一家搬到上乌巷是因为许雾要转学，从春潭中学转到私立的池川中学。他成绩一直很好，每次大型联考都是最高分，池川的老师早就注意到他了，奈何说不动他。

他答应转来池川，是因为他妈前两个月生了场病，他不想她再那么辛苦了。

池川答应给他免学费，还会给他申请补贴，加上私立学校的奖学金高，他这次没有犹豫，家里的经济负担也因此减轻了许多。

许雾给妈妈倒了杯水，安抚她说："妈，你别担心钱的事。我们才搬到这儿，先熟悉熟悉环境。"

常莲听儿子的话，冷静下来做了个炒菜的动作，"啊啊嗯嗯"跟他说，她去做煎饼给他吃。

他们白天搬家，忙得连午饭都没吃，下午收拾得差不多后，许宗良出门去拜访新邻居了。

这是许雾搬来上乌巷的第一天，不是很习惯。

他在沙发上坐了好一会儿，手机时常亮起，他点了好几下都没反应，常莲走出厨房比画着说得给他买个新手机。

许雾摇摇头说："这个修修还能用。"

"坏了，没用，都点不了了。"常莲打着手语说。

"我上回问过手机店的老板，他说能修好。"

"真的吗？"

"嗯，真的。"许雾笑笑，转移话题说，"妈，我饿了。"

常莲这才反应过来，跑回煤气灶前，把调好的面糊倒进锅里。

许雾最爱吃的，就是常莲做的土豆丝饼。

常莲把提前炒好的土豆丝和豆皮卷到煎好的薄饼皮里，儿子喜欢，她就开心。

太阳快落山的时候，正是上乌巷开始热闹的时候。窗外飘进来的菜香，充斥在耳边的问候声。

入夜后这热闹更甚，每三五户人家就有一户在搓麻将，旁边还会围着一群观战的。花知家算是上乌巷的中心地带，每天晚上那里都会聚集很多人。有的人唠嗑还自带板凳，那阵仗跟开大会似的。

闻月从超市回来，零食挂在手腕上，勒出了红印也不管。

她路过旧电箱，想起花知的话正想抬头看看这房子，被身后突然传来的怒吼声吓了一跳。

"让你别跟她玩，别跟她玩，你是听不懂人话，还是记不住？抽你几下看你能不能记住！"

闻月循声望去，对面的房子里有个女人正揪着一个八九岁的小女孩，手里的戒尺狠狠地抽在她的屁股上，小女孩疼得嗷嗷大哭。

"闻月姐姐对我很好的，为什么不能跟她一起玩？"

闻月撕开冰棍放到嘴里，"咔嚓"，外面的冰层被咬碎了，冰粒掉在水泥地上瞬间消失，里面的夹心是烂了的桃子味。

她站到灌木丛后面。

小女孩又挨了一下打，女人明显加重了力道，说："你跟一个回回考倒数的人一起玩，能有什么出息？"

闻月不过是今天早晨遇到的时候给了她几颗软糖，送了一本漫画书罢了。

女孩一抽一抽地争辩道："老师说了，成绩不代表人品，不能歧视学习不好的同学。"

"顾枝蔚！"女人气得脖子都红了，她欲言又止。最后，还是女孩的爸爸把母女俩拉开了。

"老婆，冷静，冷静。"

"我怎么冷静？芒芒每次考试都是双百，她妈得意死了。你女儿呢？人家这次参加钢琴比赛又拿奖了，你女儿呢？一首曲子练了一个月了，弹的什么鬼东西？！"

男人抱着女儿安慰妻子说："你要理解人和人之间是有差异性的。"

"我能理解的前提是她跟别人一样努力过，她但凡用心了还考得差，还学不会，我什么都不会说。"女人拿起桌子上的那本漫画书说，"你问问她，今天一天除了看漫画书，还干什么了。"

小姑娘趴在爸爸肩头委屈地说："作业我都做好了的。"

"这不就是一本普通的漫画书吗？我小时候也看。"

"所以你混成了这个鬼样！"

"这……怎么又扯上我了呢？"

他们争执了很久。闻月准备离开的时候，顾枝蔚家的门突然开了，女人把闻月送的漫画书撕烂扔进了垃圾桶里。

她打算从灌木丛后面钻出去，谁知花知和几个婆娘从那边过来了。要死。

闻月此刻有点后悔，她刚才应该直接回家的。

"闻家这个女儿真害人啊。"婆娘们又获得了话题，热闹有增无减。

花知的视线扫过灌木丛，闻月呼吸一滞。她不怕花知，就是烦对方那张嘴。就在她感觉花知马上要喊出她名字的时候，有人拽过她的手腕，把她拖进了旁边的死人巷。

他紧紧地攥着闻月的手腕，跑得飞快。耳边有风呼啸而过，脚下是死人巷的破砖块，两人完美地避开地上的坑坑洼洼，手里没吃完的冰棍滴了一路。

有户人家的梨树枝翻到墙外，他跑近了才看到，拉着闻月迅速避开道："低头。"

他的袖口划过她的手臂，闻月像被梨树枝抽了一样，有点痒，还有点疼。

燥热的十月，像泡在青梅酒里，热意被青梅汁冲淡。

她盯着他的背影，某个瞬间再也听不到那些不实的流言，只有少年、月光和她。

闻月的体力很快耗尽，他却丝毫没有回头的意思。她撑着最后一股劲冲上去，肩膀贴着他的手臂骂了句："疯子，我跑不动了！"

闻月全程拿命在跟，脚软的前一刻他突然停下，她整个人撞上他宽厚的背，一屁股跌坐在水泥地上，头晕眼花得喘不上气。

冰棍恰好掉进一个小坑里，马上化成了一摊水。

五分钟后，闻月终于有力气站起来了。她揉了揉发红的手腕，朝他走过去。

"花知没提醒你吗？离闻家的女儿远一点。"

万籁俱寂的夜晚，死人巷的巷口，两人沉默着。月光像银色的纱帐盖在两人身上，透着疏离以及一些说不清道不明的情绪。

他说："提醒了。"

提醒了还不听？

闻月抬起右手撑在他耳侧，刚才疯跑了一段路，现在掌心发烫，另一只手竖起手指说："以后都是街坊，我有必要提醒你一件事，上乌巷有三怕：一怕闻月；二怕死人巷；这第三怕……"

墙里头那户人家的狗突然发疯似的狂叫，闻月顿了几秒说："这第三怕，就是闻月进了死人巷。"

"死人巷之所以叫死人巷，就是因为早年死过人，死的还是老向的妻子。"闻月倏地握住他的手，声音蛊惑地问，"许雾，你怕不怕啊？"

黑夜会暴露人的弱点，恐惧和不安的因素会从脚底慢慢地蔓延到心里。不知道谁家的铁盆打翻了，"哐啷"一声响。

闻月都说到这份上了，可许雾还是没有任何反应。他低头看了眼自己被人牵着的手，说："我先回去了。"

他转身沿着死人巷原路返回。

闻月独自坐在巷口，前面就是花知的家。她听到花知回家的声音，忽然笑了。

老向的妻子是在医院病逝的，哪有什么死人巷，全是她编的。

许雾怎么不害怕，得听花知的话啊，离她远远的才是。

第五章

情 敌

　　天气预报说周一荔南区可能会下冰雹，让广大市民提前做好准备。

　　七点一刻，教室外的天突然黑了下来，树枝在狂风骤雨中摇摆。

　　李居然骂骂咧咧地跑进教室道："这什么破天气啊，把我淋成狗了。"

　　后面冲进来的男生撞了他一下说："是鸡。"

　　"你才是。"

　　男生抖了抖被雨水浸湿的书包，无奈点头道："落汤鸡。"

　　"赶紧回座位上用纸擦擦，然后把书拿出来读。"徐春祥双手叉腰站在讲台上，看着他们几个说。

　　今天是英语早读，徐春祥居然来坐班了，真稀奇。

　　前门突然被风用力甩上，"嘭"的一声，不少人被吓了一跳。

　　窗边传来"啪嗒啪嗒"的声音，不像是雨。

　　不知道谁喊了一声："下冰雹了！"

　　众人纷纷看向窗外。

　　有同学用手去接："好大一块啊！"

　　"让我看看，让我看看。"一群人扔下书挤到窗边，还有人跑到走廊上去看。

　　"人生第一次！"

"我也是，早上出门我爸跟我说今天可能会下冰雹，我还不信。"

教室里乱成一锅粥，只有许雾两耳不闻窗外事。

丛杪身为班长，虽然没有跟其他同学一样激动，但也伸长了脖子往外看。

"干什么呢！"徐春祥突然吼了一声。

大家先是愣了一下，然后迅速回到位置上坐好。

徐春祥指着墙上的钟，用前所未有的严厉语气说："现在是早读时间，应该干什么？！想看冰雹跟我请个假，在家里看够了玩够了再来上学。"

班里顿时鸦雀无声，老班是出了名的好脾气，班里闹翻天了他顶多也只批评几句。今天这般疾言厉色，还是头一回。

"我平时对你们太仁慈了，所以你们都不把我放在眼里是不是？"

许雾从书中抬头，年过半百的老师，站在惨白的日光灯下似摇摇欲坠。

他叹了口气说："读英语吧。"

教室里重新响起琅琅读书声，抑制不住好奇的同学，还是会偷偷瞄一眼窗外。

徐春祥站在门边，闻月进来让他抓个正着。

"来我办公室。"

女生背着打湿的书包站在墙边。她听见徐春祥说："上周月考你让校长秘书滚了？闻月，我平时小看你了，没想到你胆子这么肥。"

她还没来得及解释，只听徐春祥又说："我看你这次考几分。如果进步我帮你兜着；如果退步，你自己去校长室解释吧。"

闻月低头，乖乖认了："好的，谢谢老师！"

"行了，回去早读。"

丛杪正嘟囔道："闻月怎么还没回来？"

闻月拎着书包无精打采地进来了。

"你今天怎么这么晚？"

"今天是我的倒霉日。"

她今天点背，早上起来拉肚子不说，去学校的路上突然下冰雹，在十字路口拐弯的时候车胎打滑，差点摔个狗吃屎。她把车停在路边打算走路去学校，半路上好死不死伞骨断了，硬是让她撑到了学校。

闻月把裤腿卷上去，膝盖蹭破了皮，有血渗出来。

丛杪惊呼道："天哪，你得去医务室消毒。"

"这个点医务室还没上班呢。"

她的发尾打湿了，翻遍书包也没找到纸巾。

丛杪今天也忘带了，之前剩的最后一张刚被她用掉，她说："等会儿问问李居然吧，他去厕所了。"

"用我的吧。"

闻月和丛杪同时转过去，男生把纸巾往前一推："我还有一包。"

东西虽然递过来了，但是许雾并没有抬头看她。

她接下，说："谢谢！"

"嗯。"

几个小时后，天放晴，阳光悄然出现，树叶依旧在滴水。

自习课上少年们伏案学习，闻月时不时抖抖衣服，希望它能快点干。

李居然趴在桌上睡觉，忽然睁开眼，看到许雾盯着前面的女生看。

"闻月。"他故意喊了一声。

男生立马收回视线。

女生转过头没好气地问："干吗？"

他笑得很欠揍地说："写完了吗？给我看看。"

"写屁啊，"她面前还是一张白卷，"你不会找丛杪？"

"丛杪写得太好了，不好抄啊。"

她懒得理他。

李居然身子一斜，靠近许雾说："嘿，下周学校会举行游学。"

许雾没理他，继续写题。

他悄悄说："是个好机会哦。"

"李居然！"丛杪拽着他的校服说，"不要讲话，好好写你的卷子。"

男生贱兮兮地说："好的呢，我亲爱的班长大人。"

放学的时候，徐春祥开完班主任会议回到教室说："今天开会校领导讲了几件事情，跟大家说一下，先别急着收拾东西。"

他们早就从隔壁班听到游学的风声了，还是一个个眼巴巴地看着徐春祥，等他宣布。

"第一件事情，美术教室后面那条小路，以后归我们班扫了。丛杪，你负责安排一个同学。"

丛杪坐姿端正，点头说好。

老班接着说："看你们两眼放光的样子，想必第二件事你们都知道了，下周游学。"

他还没说完，学生们就开始狂呼。

"我们班抽到了翠茗山。"

池川中学每年秋天会举行游学活动，地点很多，由班主任抽签决定。

教室里瞬间安静下来，一秒后哀怨连连。

"老师，你臭手啊……"

"前几届从来都没有爬山的，怎么到我们，就去爬山啊？"

"我以为会抽到海边。"

丛杪也失望了，跟闻月抱怨道："我还求我爸给我买了一个拍立得，想着去海边拍照呢。"

闻月相比其他同学算淡定的："我买了假发。"

"啊？"

李居然猜道："蓝的？"

"错，红的。"

有同学举手说："老师，没有回旋的余地了吗？"

徐春祥摇摇头，他倒是也想去海边。毕竟一把年纪了，体力不行了。也不知道校领导怎么想的，今年加了翠茗山这个地点。

"爬山的话半路掉队的人肯定很多，万一跟丢了，或者脚滑了，多危险啊！学校都不考虑这些吗？"

"就是就是！"

"去海边！去海边！去海边！"

校长在办公室听到了他们的抗议声，转头问秘书："哪个班？"

"十四班。"

徐春祥被吵得头疼，答应学生去向校长反映一下，让他们赶紧回家。

闻月和丛杪一起往外走，李居然抱着篮球跟在后面，一个投篮的假动作吓了她和丛杪一跳。

"你有病？"

男生仰头灌下半瓶可乐，问两人："明天体育课我们班和十三班打篮球赛，你们来给我们加油呗。"

闻月瞟他一眼说："我不来。"

她不爱看篮球赛。

丛杪说："我也不来，我要网球考核了。"

李居然替她们惋惜道："哥打球这么帅，你们不来会后悔的。"

丛杪忍不住笑出声道："你，帅？拉倒吧。"

李居然不服地说："我可是差点成为校草的男人。"

闻月努力回忆道："你说的是空间里的那个'野鸡'榜单吗？"

"什么'野鸡'榜单，那可是同学们一票一票投出来的好吗？"

"总共就二十个人参与投票。"丛杪的揭露扎心了。

李居然不死心地追问道："那你们说谁帅？"

闻月佯装思考了下说："十三班的余钦州就比你帅。"

"那个姓余的，就他也配？去年的今天，他被老子踩在脚下喊爸爸。"

闻月听笑了："所以犯规赢来的一声爸爸，是可以吹一年的吗？"

"谁犯规了？那是谣传！谣传！"

"好的呢。"丛杪挽上闻月的手臂问，"去便利店吗？"

"走啊。"

"喂，等等我，我也去。"

三人有说有笑地从便利店出来，恰好听到有人喊了声"许雾"。

闻月脚步慢下来，目光被吸引。这天夕阳无限好，金光落满地，最后一个踩着余晖从池川中学出来的人是许雾。

沈琦跑到许雾身边，把提前准备好的袋子交给他。

"这是什么？"

女生摸了摸后颈，声音温温柔柔地说："我妈做的酱肉。"

她见许雾没说话，赶忙又补了句："我妈特意多做了些，让我带给你。"

"谢谢。"

"跟我不用客气。"女生脸颊微微泛红道，"对了，新学校怎么样？"

"还行。"

闻月饶有兴致地靠在角落里吃饭团。许雾发现她的时候，她正巧咬完最后一口。在他的注视下，她把包装纸揉成一团，丢进垃圾箱后利落走人。

沈琦也看到她了，时间仿佛被冻结了，周遭安静得可以听见风声。

女生埋头，鞋底蹍了几下碎石说："她变漂亮了。"

"嗯。"

便利店门口，李居然在观察闻月的表情。

丛杪问道："那女生是谁啊？"

"谁知道呢，"闻月拖着疼痛的腿说，"我走了。"

第六章

《塔的电台》

晚上躺在床上，闻月睁着眼，天花板快被她看出洞来。她翻了个身侧对着窗，头枕在手臂上，腰间的空调被一半滑到了床下。

窗帘原本有两层，上个月清洗的时候，她把里面那层遮光的拆了，只剩下一层纱。空调进入休息状态，卧室里寂静无声，那层纱仍微微鼓动。

她点开常听的电台，治愈的女声从听筒里传出来："微风的风速是每秒三点四米到五点四米，和风的风速是每秒五点五米到七点九米。大家晚上好，欢迎来到《塔的电台》！我们本期的主题是，我遇到你的那天风速是每秒几米，也可以叫我喜欢你时风速每秒几米。"

这是闻月前一阵子失眠时挖掘到的一个情感电台，主播的声音听起来很舒服，完全不做作也不官方，有深夜档的感觉，闻月顺手点了关注。

主播会和听众连线，闻月也因此听到了很多报刊亭买不到的故事。有被世俗的偏见拆散的爱人，有聚少离多最后不欢而散的恋人，而那些故事无一例外全是悲剧。

闻月起身关了窗，纱帘停止摆动，此时风速每秒零米。她同往常一样窝在被子里，手机放在枕边，安静地听着那头的故事，今天连线的第一位讲的依然是个悲剧。

第二位连线的是个男士，语调没有任何起伏，十五分钟后他的故事终于结束了。闻月连打了两个哈欠。

"谢谢这位先生愿意把自己的经历和我们的听众朋友分享。"

闻月在温柔的女声中入睡，梦里又是那个寒冬。

她细算过，那是她搬到上乌巷的第四十二天。那天她跟丛杪还有李居然约好一起去商场吃饭，散场回到上乌巷的时候已经十点了，小巷一角特别热闹，另一角却已入睡。

她走在空无一人的小道上，夜风像一只无形的手钻入她的袖管。

突然有一阵匆匆的脚步声，闻月下意识回头，口鼻被一只粗厚的手捂住，她闻到了很重的酒味。

"别叫。"

说话的是一个戴眼镜的四十岁男人，闻月见过他几次。花知她们都说他是上乌巷最好的男人，脾气好、不抽烟、不赌博，生活节俭，很会存钱，提着灯笼都难找，一直没结婚只是因为缘分没到。

此前几面，男人给闻月的印象是憨厚老实，甚至有点腼腆，他看起来挺年轻的，不像四十岁的人。

"嗯。"

男人死死地箍住她，眼神四下乱瞟，其实他也很害怕，说："我带你去个地方。"

我不去！

"嗯……"

闻月拼命挣扎，奈何两人之间力量悬殊，她逃不掉。

"丁零零"，耳边响起清脆的声音。

她记得，那是巷口卖豆浆的老爷爷老向车上挂着的小铃铛的声音。

闻月挣扎得更厉害了，男人压根儿不管有人来了，发了疯似的把她往巷子另一头拖。

老向经过巷口看到这一幕，立刻抄起车上的铁棍跌跌撞撞地冲过去。男人神情恍惚，待老向靠近了，他才发现对方手里拿着铁棍，立马松开了小姑娘。

男人一米七几，老向佝偻着身子比闻月还矮一些，他俯视着老人说："多管闲事，让开。"

老向脸上已满是皱纹，声音颤巍巍地说："你要对一个孩子做什么？"

"你管我做什么，"男人逼近老向说，"老不死的东西，滚远点！"

老向把小姑娘拉到自己身后说："你先回家。"

他死死地捏住老向精瘦的手腕，赶巧花知和朋友从这儿经过。闻月此刻精神恍惚，男人听到花知的声音，人突然清醒，松手跑了。

那天幸好碰上了老向，否则后果不堪设想。

闻月回家后跟爸妈说了这件事，池芦芝问她是不是看错人了，她说自己绝对没有看错。她妈见她好好的也没怎么在意，只是让她以后遇到酒鬼别回头赶紧跑。

原以为大难不死必有后福，后来才发现，那一次幸运的逃脱变成了噩梦的开始。

老向因为救她扭伤了脚，闻月心有愧疚，从天天光顾他的豆浆摊，到后来经常去他家帮忙做一些力所能及的事。不知道那个虚伪的男人跟花知说了什么，传来传去全是一些不堪入耳的话，谣言像夹缝中的草疯长，大家看她的眼神从奇怪变成鄙夷，老向也因此遭到唾骂。

那条巷子没有监控，也没办法报警，她很长一段时间都深陷在那种恐惧和无助中。

空寂的卧室里响起低沉的"呜呜"声，空调恢复运作了。闻月从梦中惊醒，脸上布满泪痕。

《塔的电台》还没结束，主播试探性地问了句："这位听众朋友，请问你在吗？看来我们连上的这位听众，在短暂的几十秒里已经入睡了，那我们换下一位吧。"

"我在。"闻月拿起手机才发现，自己是被连上的那位听众。

"哦，原来没睡着啊。"

"不好意思，不小心摁到了，没反应过来。"

主播小姐姐温柔有耐心地问她："那么请问这位女士，你愿意参加我们今晚的主题吗？"

"嗯。"

和前几位听众一样，她被问到："你遇到他的那天，风速是每秒几米？"

"他……"闻月的第一反应居然是许雾，她说，"我遇到他的那天，风速是每秒四点四米。"

这是今晚最别致的一位听众，她毫不犹豫地报出了一个精准的数据，每秒四点四米。主播在纸上写下这个数字，继而问道："看来你遇到他的那天是微风。"

她却又说："不是，那天无风。"

"哦？那四点四这个数字……"

闻月紧接着回答道："四是我的幸运数字。"

"很少有人会把四当成幸运数字吧？"

"嗯，但是我喜欢。"

她收到池川中学录取通知书的那天是七月四日，老向救她的那天，也是四号。

上乌巷另一角。

敲门声突然响起，许雾关了手机。

常莲进来用手比画道："怎么还不睡？"

"在理东西。"

她听许雾说下周要去游学，想来问问他，有没有什么东西需要她提前准备。

"妈，我自己会安排好的，你不用担心。"

常莲把切好的水果放到他桌上，然后走到许雾的床边坐下，捏了捏被角跟他表达："热就开空调，不要省钱。"

"嗯。"

地上的每个箱子上都做了标记，许雾把写了"杂志"的那一箱东西推到了书桌底下。常莲看见了也没说什么，走过去拍了拍他的肩膀，让他明天再整理，今天早点休息。

"知道了，妈。"

"水果不够冰箱里还有。"

"好。"

确定常莲回房后，许雾打开手机回到电台，今晚的内容已经结束了。

这个电台的反响其实很一般，听众并不多。每晚连线的都是那几位，他们几个人像小团体一样窝在一起抱团取暖，有时候还会隔空对话。

闻月是今晚新加入的成员，主播小姐姐为此高兴了半天，希望明天她还可以来连线。

第七章

祝你天天开心

闻月一觉醒来看到了好消息，徐春祥说他们班的游学地点从翠茗山改成西渔村了。

出发前几天，上课氛围明显躁动了许多。大家的心思全在游学上，十四班有很多艺术生，游学这周正好要出去集训，最后算上领队老师一共才三十个人。

盼星星盼月亮盼来了周一，徐春祥让大家早上七点在西校门集合。

早上是闻松开车送她去的，走前交代道："明天你自己打车回来吧，我有事。"

"知道了。"

她下车看到丛杪和李居然在大巴车外面放行李。

"你们怎么来这么早？"

"是你来得晚，"丛杪拍了拍手，往上一指说，"他来得更早。"

闻月抬眼，许雾正坐在窗边看着她。

"你就一个书包？"李居然问。

"对啊，不就去两天吗？你们还带了行李箱？"

丛杪点头。

"带一套换洗衣服不就好了吗？"

丛杪道："我带了很多吃的。"

李居然道："我带了锅。"

闻月一脸疑惑地问："那边没吃的吗？"

李居然开始幻想了："在海边煮泡面，看星空，听海风，多享受啊……"

"享受享受，赶紧上车吧。"丛杪打断他说。

闻月上车一看只剩两个位置了，一个在第一排，还有一个就是许雾边上。她想也没想就往后走，坐在了他旁边。

这一程要开四个小时，闻月一坐车就犯困。大巴车的座位很不舒服，她换了好几个姿势，最后脑袋微微侧向男生那边睡着了。

刚开始大家还很兴奋地聊天，两个小时后全倒了，只剩许雾精神抖擞地望着窗外飞逝而过的景色。

下高速的时候，司机师傅一刹车，闻月猛地醒过来，发现自己枕着他的肩睡了一路。

许雾合着眼，闻月盯着他看了很久，少年的半边侧脸曝露在光下。

这人皮肤居然这么好。

"同学们醒醒，我们现在下高速了，离目的地已经很近了，下车前我先说几点注意事项。"徐春祥拿出他特意带来的喇叭说。

众人纷纷醒来。

许雾动了一下，闻月转过头去跟后面的丛杪说话。

"我们要在西渔村待两天一夜，我知道大家来游学肯定很兴奋，但不要兴奋过头了。切记不能擅自行动，离开大部队必须向我汇报，安全永远是第一位的。学校跟当地居民租了房子，我们按人数分成六组，每组四个同学加一个老师，你们现在自行组队，然后报给我。"

丛杪从车座上面露出脑袋说："我们四个吧。"

闻月当然没意见。

女生看向许雾。

他说："好。"

"那我去报给老师。"

所有人组队完成以后，徐春祥把这两天的大致安排说了一下。

大巴车开到目的地，大家拿上行李跟着徐春祥进村。

西渔村村民如今的主要经济来源是旅游业。

村民的很多小屋装修成了符合现在年轻人审美的民宿。

每组派一个代表去抽签，丛杪抽到了六号房，房间能直接看到海。

"这也太美了吧！"丛杪感叹道。

他们组的领队老师是一个很年轻的英语老师，姓吕，很快跟他们打成一片。

吕老师架好相机招呼他们："同学们，我们先来照一张合影吧！"

"好啊好啊。"

五个人坐在沙发上，有了第一张合照。

民宿有厨房，吕老师会做饭，她问孩子们想吃什么菜。

李居然举手道："鲍鱼！"

"OK！"

丛杪想了想说："扇贝和螃蟹！"

闻月没什么特别想吃的，随便说了一个："虾。"

老师看向许雾，少年坐在角落里，静静地望着碧蓝的海水出神。

"许雾，你想吃什么菜？"

"我不挑，都可以。"

老师背上包问："那你们谁跟我一起去买菜啊？"

"我！"丛杪和李居然异口同声道。

闻月起身道："我也去。"

"你别去！"丛杪喊了一声。

"为什么？"

丛杪凑到她耳边悄悄说了句："你在家里接应。"

"嗯？"

丛杪怎么奇奇怪怪的?

闻月看了眼外面的太阳,有点晒,不去也好。

吕老师把两个小助理带上,民宿里只剩下闻月和许雾。

闻月把行李箱搬上楼,简单收拾一番后打开窗,躺在床上听了会儿海浪的声音,再下去的时候,楼下的人不见了。

她以为他回房间了,直到听见锤子的声音。

"咚咚咚——"

她到门口一看,许雾正坐在梯子上换灯泡。

刚才她上楼以后,许雾闲得无聊把楼下所有的灯检查了一遍,发现门口这个不亮。

他看到茶几下面正好有一个新灯泡,想着应该是房东忘记换了。

闻月刚准备回屋,坐在半空中的人开口说:"你按一下开关,看看会不会亮。"

开关正好在门边,她抬手就能碰到。

灯亮了。

闻月抬头对上他的视线,少年平日里躲藏的眼神此刻直白清明,她甚至忍不住去猜测其中的意味。

刚想着要不要找个话题打破这种微妙的局面,手机响起消息提示音,是丛杪发来的。

丛杪:闻月,明天是许雾的生日,我们去给他订蛋糕了。你悄悄打听一下他对杧果过不过敏。

后面还加了个很可爱的表情包。

闻月:你们怎么知道明天是他生日?

丛杪:上次我在资料表上看到的。

明天是十一月四日,许雾的生日居然也是四号。

她下意识看向少年,宽大的 T 恤被风吹得微微鼓起来。

"你对杧果过敏吗?"丛杪叫她悄悄的,结果她直接问了。

许雾愣了一下问:"怎么了?"

"他们问我们吃不吃枸果。"

"我对枸果不过敏。"

"好。"

他好像一刻也不能闲着,换完灯泡又开始清理厨房了。

房东的厨房估计很久没人用了,油烟机上的油垢已经擦不动了。

闻月回房间,他一个人在下面收拾。

他们几个买完东西快到家的时候,丛杪又给闻月发信息了,让她把许雾支走,他们要把晚上的惊喜藏起来。

她下楼说:"我去丢垃圾。"

许雾接过垃圾袋说:"我去吧。"

"行。"

她本来就是为了支开他。

许雾前脚刚走,三个人后脚就回来了。

闻月看到李居然拎着一袋气球和彩灯。

丛杪兴奋地说:"吕老师租了帐篷,我们今晚海边露营!"

"顺便给许雾过个生日。"她悄悄地说,"对了,你把他支哪儿去了?"

"他去倒垃圾了,估计快回来了。"

"李居然,你把这袋东西藏到外面的帐篷里吧,我们傍晚再搞。"

"来得及吗?我们还得去取蛋糕。"

"来得及。"

这次秘密庆生活动,在秋天游学的氛围的烘托下更让人期待了。

中午,吕老师简单地做了三菜一汤,买的海鲜打算等晚上做海鲜火锅。

吃完饭以后他们各自回房睡了一会儿。下午两点,许雾还在睡觉。李居然敲了敲女生的房门。

丛杪出来,揉揉睡眼问:"怎么了?"

"走，去拿蛋糕。"

"那个老板不是说四点以前过去拿就行吗？"

"哎呀，快快快，我在楼下等你。"

"我们都没睡醒呢，急什么？"

李居然积极得过于反常了，他前几天还不爽许雾，这态度转变得也太突然了。

下午两点正是太阳最晒的时候，李居然兴致勃勃地走在最前头，丛杪跟在他旁边说："你不对劲。"

"哪儿不对劲？"

"哪儿都不对劲。"

"嗯，我确实不对劲。"男生就是不告诉她，笑着跑了，气得丛杪在后面追。

两人拿完蛋糕回到民宿，正好三点。

这次的游学更像是度假，有几个同学已经在安全员的看管下下海游泳了，还有人打起了沙滩排球。

吕老师在厨房里准备食材，看了眼热闹的海边说："你们去玩吧。"

丛杪犹犹豫豫的。

"去吧，你们都去。我一个人忙得过来，快去。"

李居然冲在最前面，好几个同学在周边超市买了水枪和瓢，闻月蹲下来脱鞋子时被人泼了一脑袋水。

下一个遭殃的，是站在她后面的许雾。

两人头发都湿了。

丛杪小天使简直是及时雨，扔了两个舀水的瓢给他们说："反击！"

烈日炎炎的海滩上，莫名其妙地展开了一场泼水大战，根本不管对方是谁，是个人就泼。

闻月耳朵里进水了，她躲到石头后面拧干衣摆想擦一擦耳朵。忽然眼前有团影子闪过，她抱着头想躲，发现来人是许雾。

也不知道他从哪儿搞来的干毛巾。

"擦擦吧。"

他们很快被人发现，男生们三五成群地端着水枪过来围攻他们。许雾没拿工具，只好用身体挡在闻月前面帮她挨着。

"许雾。"闻月喊了一声，赶紧把自己的水瓢扔给他。

她又往石头后面躲了躲，许雾在前面一对四，没有胜算。

"许雾！"他刚准备回头，手腕就被人抓住了。

"快跑！"

咸咸的海风从耳侧刮过，她手上有水，握得更紧了。

那几个人没追上来，他们刚停下，另一拨人又来了。

许雾迅速舀水泼回去，闻月像玩老鹰捉小鸡一样，拽着他的衣服躲在后面。

他的 T 恤被她攥得像梅干菜一样，闻月默默捋平一些。

玩了半个多小时，大家都累了，开始自顾自地玩沙子、找水喝。

许雾和闻月打算回民宿换衣服。

吕老师刚把所有的海鲜清洗完，见到两人狼狈的样子，问道："玩得开心吗？"

"开心。"闻月说完，忽然愣住了，眼神转向旁边的男生，他正在笑。

吕老师忙着切菜，还不忘叮嘱两人："赶紧上楼换衣服吧，别感冒了。"

许雾说："好。"

闻月换好衣服下楼的时候，许雾已经在厨房帮忙了。

她走过去，许雾问她："喝水吗？"

他已经倒好一杯了。

"谢谢！"

温水入喉，心情畅快。

在小渔村和在市区最大的不同是，在这里她会忘掉一切不开心的事。

就像刚刚有一瞬间，她只记得她牵过的那只手，少年提前准备好的温水以及他替她挡掉的一次又一次的攻击。

不像第一次在上乌巷遇见的那个夜晚，她只希望他离自己远远的。

"我们回来了！"李居然高亢的嗓音打破了沉寂的氛围。

这两位也很狼狈，不过很明显的是，他们是胜利者，眉眼间全是满足。

"你们俩先上去换衣服，换完衣服和闻月一起去把帐篷搭了，许雾留在厨房帮我打下手吧。"

许雾说："好的老师。"

李居然敬了个礼说："明白！"

出来游玩总是觉得时间过得特别快。

傍晚的海边，蓝灰的天际还有几朵白得透亮的云。

天未全暗，他们把所有的小彩灯点亮，还点了一盏复古煤油灯。

许雾去端海鲜锅，李居然去拿碗筷，女生们洗水果。

准备开吃的时候，吕老师说："我就不跟你们一起吃了，你们敞开了享受吧。"

丛杪不解道："啊，老师，你忙活了一天，不跟我们一起吃吗？"

老师指了指远处的另一个小帐篷，小声地说："我家属来了。"

几人秒懂："噢——"

"注意安全哈！我会在那边盯着你们的。"

李居然兴奋地吹了声口哨，说："好的呢老师。"

他们找吕老师借了电脑，放了一部老电影。看完第一部觉得不过瘾，又看了第二部，差点忘了今晚的重头戏。

离十二点还差一刻钟，丛杪匆匆跑回民宿拿了蛋糕。

许雾看电影看得认真，没注意到两人在打眼色。

当时间跳到零点整，大家一起唱道："祝你生日快乐——祝你生日快乐——"

丛杪说："生日快乐，许雾！"

李居然说："兄弟，生日快乐！"

"谢谢！"他不知道大家什么时候准备的惊喜，竟然一点也没察觉到。

丛杪把蛋糕放在桌上说："许愿吧！"

李居然跳出来说："帮我许个愿呗，祝我高考顺利。"

许雾说："好。"

丛杪揍他一拳说："人家的生日愿望，你瞎掺和什么？"

他吹完蜡烛，看到闻月的头发被海风吹得有点乱，后脑有一小撮卷成一个圈，很想帮她捋顺。

西渔村只有一家蛋糕店，订的人还挺多，想要今天下午拿到，只能做最简单的水果蛋糕，丛杪说杧果的好看，便订了杧果的。

闻月吃完一块蛋糕后吃起了开心果，吃了两颗，撞了撞旁边的人。

"怎么了？"

"喏，"她递给他一颗开心果说，"祝你天天开心。"

她的声音混在海浪声中，好像下一秒就会被冲走："没来得及准备礼物，不要介意。"

他摸着那颗被焐热的开心果说："我很喜欢，谢谢。"

这是许雾的心里话。

李居然看得透透的，他拿出拍立得说："来来来，我给你们拍张照。"

丛杪迟钝，傻乎乎地吃着蛋糕靠在闻月身上。

"三、二、一！"

照片出来的时候，丛杪发现李居然这家伙没把她拍进去，照片里只有闻月和许雾。

"李居然！"

男生大笑着把照片递给许雾说："兄弟，送你的，生日礼物。"

他们在海边玩到凌晨两点，回民宿洗漱完已经快三点了，一觉睡到上午十二点。

不只他们，其他人也一样。徐春祥挨家挨户叫过去，大家上车后倒下继续睡。

回到学校已经傍晚了，正好是晚高峰，徐春祥提醒他们回家的路上注意安全。

许雾本想跟闻月一起回去，等他下车以后发现，她已经打车走了。

第八章

二〇一四

晚上，池芦芝和闻松带着闻池贺去和朋友聚餐了，十一点半的时候还没回来。闻月洗完澡躺在床上，又是翻来覆去的一晚。

她翻着床头柜上的台历，下个月五号是家长会，月底有一场五校联考，一月再上两周课就放寒假了。

她头枕着手，想着日子还是有些慢。

翌日七点，早餐准时出现在桌上。闻月拉开凳子坐下，又是花卷。

她夹起来的时候，闻池贺看了她一眼，贱兮兮地说："妈，你煎的荷包蛋真好吃。"

冰箱里只有一个鸡蛋了，池芦芝给了闻池贺，闻月习惯了，也不会去争什么。

今天周一，天气晴朗，徐春祥让大家把位置换一下。靠近门边的两组同学移到窗边去，剩下三组依次往门边移。换座位是枯燥的高三生活里为数不多能让人短暂振奋一下的事情了。

午间下课，闻月藏着手机看完了最后一集《我们这一天》。右腿好像被虫子咬了，有点痒，她隔着长筒袜挠了几下，结果越挠越痒，弯腰去查看的时候和丛杪说："化学卷子借我抄下。"

幸亏她带了无比滴，这玩意儿跟风油精一样，用了容易上头。她越涂越来劲，兴头上还不忘把手伸到背后去接卷子。

"谢了。"

下一秒，忽然一股力从她手里抽走了卷子。

祝千吟拎着卷子趾高气扬地看着她："要收了才抄，早干吗去了？"

"不是下节课收吗？"她瞥了眼黑板说，"右下角那几个大字'下午第二节下课收'不是你自己写的吗？"

丛杪不在位置上，那张卷子是许雾递过来的，怪不得啊。

"老师让我提前收上去，她下节是空课，有时间改。"

闻月无所谓地说："哦，那我不交了。"

"随便你。"

女生拿着许雾的卷子正反看了一遍，压不住嘴角那抹笑说："许雾，你名字没写欸？我帮你写吧。"

呵呵……变脸的速度比翻书还快。

许雾站起来，女生略有压迫感地低下头，面上的喜悦掩藏不住。

闻月坐着，许雾的影子正好落在她身上，她右手上的笔转个不停。

阳光落在她半边脸上，细小的茸毛在光下清晰可见，一副悠然自得的闲散样，耳边传来他冷冷的声音："不用。"

通过窗户的反射隐约可以看到许雾的动作，他拿回了自己的卷子，不用看也知道，祝千吟的脸黑了。

闻月心情好的时候喜欢换着花样转笔，笔腾空的瞬间，被许雾抢走了。

他在自己那张卷子的密封线外写——

姓名：闻月

学号：4

"嗯？"

许雾把卷子放到她桌上，闻月没想到他会这样操作。刚才因为祝千吟吃瘪而起伏的好心情，骤然平复下来。

他微微俯身还是很高，闻月仰着头和他对视。许雾看了她一眼就移开了目光，指了指里侧的墙。

"啊？"

他指的地方贴着一张白色的便利贴，上面写了很多化学公式，他故意用周围人都能听见的声音说："最后一题的答案在那里。"

闻月的鼻子痒痒的。她用手蹭了一下，顺便挡住唇说："你想干什么？"

这次他用只有两个人能听见的声音说："帮你。"

"用不着。"

丛杪拿着水杯进来，刚好撞上祝千吟，女生一脸不爽。

"她怎么了？"丛杪问看戏的李居然。

他耸耸肩说："热脸贴冷屁股了呗。"

"啊？"

很快上课铃响，大家都没把课间同学之间发生的那点小摩擦放在心上。直到下午体育课，闻月在练网球，丛杪急急忙忙地跑来叫她。

"怎么了？"

"你看。"

带着"问题少女和病娇少年"文案的视频，在 QQ 空间里传疯了。

"我闻月从今天起和许雾势不两立！"少女站在讲台上，右手悬在耳侧发誓道。

少年站在讲台下还比她高出半个头。

"随便你。"他清冷低沉的声音像是清晨山涧的泉水，不急不缓。

视频里的女生见他一脸云淡风轻，眼底的怒意更盛了。

教室里开着空调，正巧站在风口的闻月，撒完火气才发现自己双手冰凉。

许雾捡起她扔在地上的抹布，绕过她走到讲台另一侧把黑板重新擦了一遍。

门和窗子不知何时被外面看热闹的同学打开了，暖流涌入，驱散了闻月的小半寒意，最后谁也没道歉。

从杪刚开始看到这个视频还不相信，以为是谁故意恶搞 P 的脸，现在看本人的反应假不了。

"你们俩居然是初中同学？你都不告诉我，还装作一副不熟的样子。"

闻月累了，在看台的椅子上躺下，眯着眼看向天空说："这个，说来话长啊。"

"快说！"从杪凑过去，指着视频一脸八卦地问，"你俩为啥结仇啊？"

下午的阳光刺眼，闻月闭上眼。

事情的起因是一张签到表。

时间倒回至二〇一四年。

他们班换了新班主任，是一位才进校两年的年轻数学老师，叫史学民。

开学前一天，有人给闻月通风报信说这位史老师不好惹，让她小心点，闻月没当回事。

史学民来的当天，给全班人来了个下马威，搞了一个让闻月终生难忘的奇葩东西——签到表。

峪县一中有个德育分传统，每个学生每学期伊始拥有一百德育分，上学期间若因迟到、卫生、纪律等出问题则会被扣分，参加校级以上的比赛获奖可加分，每个班到学期末结算德育分，分数最末的五位同学会被拉去参加社会实践，为期一周。

德育分这东西在其他班形同虚设，其他班的班主任一般都是按期末考成绩决定，分数低的五名同学去参加社会实践。只有他们敬爱的史老师，把德育分手册当王法来执行。

他还说学期末结算德育分低于八十分的同学，会在家长会上公开批评。

史老师上任第一周，闻月因为早退被扣了三分，第二周因为自习课讲话被扣了五分，第三周因为数学作业没有按时上交又被扣了四分。第四周有个校外研学活动，她和李星荷偷溜去买奶茶被年级主任抓了，史学民一气之下各扣了她们十分，从那之后史学民搞了个加分签到表。

四班的签到表在当年可是闻名遐迩，传说中的签到表一列十行，每天早上前十个到班的同学，可以在签到表上签名，一周统计一次加分情况。

闻月想到这儿就来气，那个史学民口口声声说给他们一个挣德育分的好机会，结果签一个名才加零点一分。零点一分！狗都不要！

大课间休息，大家都跑出去玩了，只有闻月跟霜打的茄子似的。

李星荷宽慰她道："没事的，大不了就是回家挨顿骂。我都习惯了，我妈翻来覆去就那几句。"

"不行啊，我妈要是知道了，肯定让我死得比菜市场的鱼还难看。"

"让你小叔给你打个掩护。"

"唉，我小叔可能会气死。"闻月叹了口气说，"一个名字零点一分，我差两分才能补齐八十分，那我得签二十个名字。我每天跟我小叔一起出门，根本抢不到签到的机会。"

"还有个办法。"李星荷放下小说，说。

闻月顿时精神了。

李星荷用漫不经心的语调说着最吓人的话："打败许雾，加一百分，史学民原话。"

许雾是谁？那可是年级第一，上回月考足足甩了他们班第二名三十分，闻月最好的成绩也才只班里第十名。

"这叫办法吗？这叫死法。"

李星荷一摇头："非也，学霸肯定有自己的学习方法，你去套个近乎，说不定他就传授给你了。"

"李星荷同学，学霸的方法是尔等凡人轻易就能学会的吗？"

况且她和许雾同学一年多，讲过的话一只手都数得过来。乍然套近乎把他惹毛了，以后的日子可就得承受来自班主任和班长的双重打压，万万不可。

"虽然未必能超越他，但是如果期末考有进步，你妈会因为这区区的德育分骂你吗？"

"你说的有点道理，但考试这东西有点玄学在里面。保险起见，我还是想办法先把那两分补上吧。"

闻月把这事告诉小叔后，闻津没训她，反而把她嘲笑了一顿，顺便给她买了一辆自行车，让她在补齐德育分之前自己上学。

为了确保能签上名，周一，闻月天没亮就出门了，她到教室时正好六点十分。

钥匙在许雾那儿，闻月本想在门口等一会儿，没想到试着推了一下后门，居然开了。空荡荡的教室里灌满了风声，有点瘆得慌。她座位前面的那扇窗也忘关了，书页被吹成了不同的弧形。

窗户没关，后门没锁，这要是被史学民知道，昨天的值日生免不了要被扣两分。

她过去关窗，书包碰到了李星荷桌上的杂物盒，东西"哐啷啷"掉了一地。

彼时窗外的天未全亮，薄雾蒙蒙，来人用钥匙打开了前门。闻月缓缓抬头，看着许雾走上讲台。

今天的他打破了平时板正的形象，外套搭在臂弯上，衬衫最上面的纽扣也解开了。

许雾看了眼空白的签到表，快速签下名字，整理衣服的同时，瞥见了蹲在地上捡东西的闻月。

她十分淡定，拾着东西问道："今天来得这么早？"

他是跑过来的，为了压下喘息声，短促地"嗯"了一声。

闻月捡起最后一样东西，许雾仍然站在讲台上看着她。

她不自在地摸了下鼻子，问："你不去开灯吗？"

在闻月的注视下，男生再次落笔签了个名字，写完后才去开了灯。

清晨，挡不住的凉意，闻月已经心动了。

头顶的日光灯一盏盏亮起，少年站在门边，衬衫扣整齐了，外套也穿上了，他回到座位上把昨天没写完的卷子找出来继续做。

闻月从书包里掏出三明治，准备去老地方待着，出教室前顺嘴问了他一句："你吃早饭了吗？"

男生头也没抬地说："没有。"

她本想把三明治给他，可见他一副生人勿近的模样，想想还是算了。

为了加德育分，闻月成了班上来得最早的同学。每次她刚坐下，许雾就来了，时间掐得可真准。

第九章

干杯

周一史学民会在班级群里更新德育分，闻月看着时间，十二点一过，立马点开群文件疯狂刷新表格。

十二点十分，终于更新了。

闻月那栏是蓝色的数字：七十八点三。

"不对啊。"

李星荷又在偷看小说，心不在焉地回了句："啥不对啊？"

"我上周起得比鸡早，每天都是第一个到的，为什么我只加了零点三分？应该加零点五分啊。"

"我看看。"

表格里的数字，八十分以下是蓝色，八十到一百是黑色，一百分以上是黄色。

闻月扫了一眼，有两个黄色，一个是许雾，一个是蒋荪。前者参加省物理竞赛加了十分，后者是美术生，最近也参加了一项比赛加了六分，这两个人还有签到表加分。

他们的德育分，比闻月的血压飙得还快。

李星荷一看表格，闻月确实只加了零点三分，她说："你确定每天都签了吗？会不会有漏签啊？还是老师统计错了？"

"我确定啊……"说到后面闻月的声音突然变小，从座位上冲了

065

出去。

李星荷被吓了一跳："喂！你去哪儿啊？"

"找人算账！"

许雾在会议室写报告，门突然被人推开。闻月来势汹汹，那眼神恨不得要把他大卸八块。

他不知道自己哪里得罪她了。

目光交会的瞬间，门被风吹上，应景地发出一声巨响。

女生的小皮鞋在地板上发出有节律的"嗒嗒"声，像牛顿撞撞球，每一次撞击都让人紧张。

闻月走近，两指夹住几张薄薄的纸摁在他身上说："解释一下？"

许雾垂眸，女生青葱般的手指隔着纸片抵在他的肋骨上。他耐着性子问："解释什么？"

闻月把签到表一张张翻给他看，最后质问他："为什么没帮我签？"

周一他们第一次对话那天，还有周三，那两天签到表上都没有闻月的名字，但是闻月清楚地看见许雾签了两次。

"我为什么要帮你签？"

闻月心里像堵了块石头，音量提高不少说："那你站在讲台上看我干吗？你又不喜欢我，你看我，我当然以为你顺手帮我一起签了。而且……"

她咬牙切齿道："你还吃了我的饭团！"

闻月以为他多签的那一次是在帮她，为了表示感谢，还偷偷往他抽屉里塞了吃的。

不如喂狗，还能听几声汪汪叫。

眼前人静静地看着她说："我没吃。"

他不知道是谁放在他抽屉里的，怕在班里处理会引来大家的关注，伤害到送的人，所以放学的时候送给门卫大叔的爱犬吃了。

闻月没想到闹了这么大个乌龙，越想越气不过地问："那你为什么不提醒我一下？"

"我用眼神提醒你了。"

敢情他每次站在黑板上看她，心里想的都是：这人又不上来签名吗？

闻月为这事心烦了一天，感觉自己像个傻瓜。

当天英语课她给许雾传了张字条，让他帮忙去史学民那里更正一下。毕竟他的话在史学民那里很有分量，而且他可以做证她确实早到了。

许雾答应了。

德育分的更正时间仅限于周一放学前，五点半放学以后，即使有错也不予更正。

本想着只要把那零点二分加上去这事就过了，谁知道一整个下午也没见许雾的人影。闻月最痛恨早起了，为了少早起两天，她各种信息轰炸许雾，势必把那零点二分加回来。没想到许雾居然装死，害她错过最后的更正时间。

闻月更气了。

李星荷听她说完整件事情的经过，内心觉得其实还好，问题不大。她了解的闻月不是那种容易生气、爱记仇的人，零点几的德育分不至于让她耿耿于怀。可偏偏就是这件事后，闻月向许雾宣战了。

原本毫无交集的两个人，开始频繁地产生联系，连周围的同学都感觉到不对劲了。

沈预把腿搁到桌上，吃着从同桌李登鸣那儿抢来的薯片，一副看热闹不嫌事大的表情问闻月："你俩咋啦？"

他还故意拿薯片在两人之间划拉来划拉去。

闻月戴着耳机两只手扶额，也不知道是没听见，还是不想理他。

课上，李登鸣示意沈预看手机。

李登鸣：我之前发给你的视频你没看吗？

沈预：你发我什么了？

李登鸣把聊天记录截屏给他看。

他当时收到这个封面漆黑一片的视频时，还在心里唾骂李登鸣，这小子表面上看起来斯斯文文的，背地里竟然分享小视频。

他没插耳机就摁了播放，谁知道视频竟然损坏了。

沈预：重新发，加载不出来。

李登鸣：我删了。

沈预：……

沈预：你发的什么玩意儿啊？

李登鸣仔细一想，他发这个视频的行为好像不妥，既然打不开就算了。

李登鸣：土味视频，蛮搞笑的。

地理老师正在讲题，口水四溅，半节课擦了三回黑板。粉笔灰像下雪一样，前几排的同学饱受摧残。

沈预偷偷把手机藏在校服袖子里，搞了半天终于能播放了。

他假装睡觉，戴上一只耳机枕在手臂上。

"我闻月从今天起和许雾势不两立！"

"随便你。"

视频很短，放完后沈预噼里啪啦敲了一行字：这就是你说的土味视频？

刚点下发送键，旁边伸过来一个拳头。

沈预一脸蒙，摘下耳机缓缓转头看向当事人，闻月就差把"杀"字写在脸上了。

不只闻月，除了许雾，三十九双眼睛全挂在他身上。

地理老师笑着提醒他："耳机线坏了？"

沈预垂眼看看自己掌心里刚买来一个月的新耳机，再抬头看看闻月，又看看老师："……"

李登鸣在心里向闻月和许雾忏悔。

地理老师居然没生气，反而顺势打趣道："看来闻月同学和许雾同学，这是有什么深仇大恨啊。"

全班同学看戏："噢——"

许雾笔尖一顿，再提笔的时候填错了空。

"这个视频是谁发的啊？"丛杪去身后的饮料机买了两瓶小的矿泉水，递给闻月一瓶，问。

"还不知道。"她确实渴了，拧开瓶盖一饮而尽。

丛杪被惊到，忙关切道："你慢点。"

闻月坐起来，盯着看台左前方绿色的椅子，晃了晃手里的空瓶说："你信不信我能扔到那里，让它稳稳地落在那张椅子上？"

"这得有四五米远吧。"

闻月眼神坚定地说："我小时候专门练过抛水瓶。"

丛杪难以置信地说："你这是空瓶欸，风大一点原地都立不住，丢过去怎么可能立得住？"

闻月开心一笑，她经常逗丛杪，丛杪认真的样子特别可爱。

"我真的练过，而且扔得很准，"她指着丛杪手机屏幕定格的画面说，"许雾可以做证。"

她和许雾宣战后的某天。

全校班主任去市里开会了，闻月那天差点迟到。

闻月站在教室外面往里看，打游戏的打游戏，聊天的聊天，只有专心写卷子的许雾看着格外扎眼，她那点不老实的劲儿又冒出来了。

闻月去楼下买了一瓶矿泉水和一听白桃汁回到窗边，靠窗而坐的男生听到拉开窗户的声音以为是年级主任来了，慌慌张张地把手机塞到桌斗里，掏出一本化学书给周围几个同学报信。

没一个人敢扭头往窗户的方向看，闻月扫了一圈，第三排的男生传给前面女生的字条掉在了地上。女生战战兢兢地不敢捡，一脚踩下去盖住了折成豆腐块的纸片，秘密其实已经败露了。

正前方的体育委员，在文言文的参考书里掏了个洞用来放手机。球赛进入白热化阶段，男生蠢蠢欲动，恨不得下一秒就跳起来呐喊。

目光扫到许雾的时候，他正翻着手中的语文书，偶尔动嘴念几个字。

原来老师们常说的"别以为我看不见，你们在干什么我看得一清二楚"那些话是真的。

闻月把矿泉水扔了进去。

某个同学感知到危险，太阳穴重重一跳，道："什么东西！"

有人发出叫声，许雾反应迅速，收起书本坐直身子。

"咚——"

一声闷响，矿泉水瓶稳稳当当地落在了许雾课桌的正中央。

周围人倒吸一口凉气。

"哪个疯子啊？"

"闻月。"

"他俩还没和好吗？"

"看这架势，一时半会儿估计是好不了。"

许雾对角的男生僵坐着，干笑了两声说："幸亏她技术不错，不然我无辜惨死。"

李星荷拍拍他的肩说："放心吧，她练过。"

男生呵呵一笑。

许雾在众人的注视下把书轻轻放回桌面上，矿泉水瓶身的塑料纸里夹着一张白色的便条，上面几个字龙飞凤舞：班长，早上好啊！

他慢慢转向窗外，微微泛红的晨光映在少女脸上，蓬松的发丝在光下透着不明显的金色，她举起手上的白桃汁和他隔空干杯。

所有人都看着许雾，后门角落处两个男生各自掏出校卡拍在桌上。

男生 A："一楼的猪扒饭，我赌他会喝。"

男生 B："我赌他不会。"

两人握着对方的校卡直勾勾地盯着许雾，只见许雾收回目光，拧开瓶盖喝了一口后继续看书。

男生 A："Yes!"

男生 B："什么意思，他俩不是关系不好吗？"

男生 A 一脸得意道："年轻人，你不懂啊。"

第十章

喜欢败露

今天史学民不在，班里闹哄哄的，根本没几个同学在认真读书。

沈预从书包里掏出一副 UNO 牌，招呼李星荷、闻月一起玩。

"李登鸣，来不来？"

男生摇摇头。

沈预一边洗牌，一边说："怕什么啊？难得的机会，来来来。"

李星荷催促道："他不来算了，赶紧的吧。"

三人玩嗨了，教室前面的监控突然发出严厉的声音："后面几个干吗呢！闻月、沈预、李星荷，给我站起来！"

史学民刚打开手机查看教室监控，就看到那几个人围成一团，手里拿着五颜六色的牌。

沈预还没反应过来，扔完最后一张牌高兴得跳起来。闻月一把拽住他的裤子，跟李星荷两个人恨不得头往抽屉里钻。

"史学民！"

"哪儿啊？"

"监控里。"

史学民怒火中烧道："沈预、闻月、李星荷德育分扣一分，还有前排几个聊天的，每个人扣零点五分，班长记一下。"

许雾拿出花名册，挨个在这些人的名字后面做记录。

早读下课后，课代表们开始收作业，许雾担任班长的同时还是物理课代表。

他走到闻月的位置旁说："作业。"

闻月把本子交到他手上，凑近他说："你还真是史学民的好走狗啊。"

两人之间已经突破安全距离了，许雾垂眸看见她微微翘起的睫毛，还有那不服气的眼神，好像一只生气炸毛的小猫。

"下次别在教室里打。"

"用不着你提醒。"

闻月的德育分补的速度赶不上扣的，她实在是起不来，中间有一阵子几乎是放弃的状态。

李星荷说得对，大不了就是挨一顿骂呗。

不过，她和许雾之间却并没有因此消停。

因为闻月和李星荷上课总是讲话，所以史学民把她们俩分开了，闻月变成了许雾的后桌。换位置那天，她心情很好，主动跟许雾打招呼："嘿。"

许雾没理她，那时候他不明白闻月在开心什么。

某个周四上午，蒋苏请假去画室。收拾东西的时候，闻月悄悄走到他旁边问："你的颜料能借我一点吗？"

"可以啊，"蒋苏从书包里掏出一小盒分装的颜料给她，"先放你那儿吧，我暂时用不到。"

闻月抱拳道："谢过！"

上午第二节课下课，许雾从厕所回来，看见闻月跟大爷似的靠在桌子上，脚踩在他凳子的横杆上，一边哼歌一边看小说，一副悠闲的模样。

闻月余光瞥见许雾走近，不动声色地收回脚，手撑着脑袋背对着他。

忽然，沈预丢了本超厚的书过来，"咚"的一声，感觉要把她的桌子砸出坑来。

她瞪了他一眼："你想死？"

沈预挤眉弄眼道："把我的也包个书皮呗。"

闻月用数学参考书的封皮给小说包了壳，虽然有点掩耳盗铃的感觉，但是不细看完全能以假乱真蒙混过去。

"你没手？"

"这不是没你心灵手巧吗。"

闻月才不吃他这套，用力扔了回去。

语文老师刚踏进教室，就听见一声响，说："后面同学在干什么呢？别玩了，还有两分钟就上课了，大家把语文书拿出来。"

语文老师特别喜欢提问，尤其喜欢叫许雾。

"许雾，你来概括一下这篇文章主要讲了什么。"

"许雾，你说一下这道题你选什么。"

"许雾——"

"咦。"闻月突然发出短促的嫌弃声，声音不大，却足以让每一个同学都听见。

语文老师眉头一皱，问："闻月，你有什么问题？"

闻月一脸无辜地摇头。

"闻月。"

语文老师点名了，她只好站起来。

"说说吧。"

"啊？说什么？"

"你'咦'什么？"

语文老师说话向来温柔，不过她此刻的表情看起来不太好。

闻月纠结了几秒，为难地开口问："真的要说吗？"

其他同学全在状况外，一张张看戏的脸在她眼前放大。闻月拖一秒，老师的嘴角就下沉一点。

她往下指了指，说："许雾同学的校服上沾了点东西。"

"唰——"几十个脑袋转向男生。

许雾握笔的手捏成拳。

"什么东西？"语文老师不知道她在搞什么鬼。

旁边的李登鸣瞟了一眼，没东西啊。

闻月做作地说："就几个黄点，可能是许雾同学上厕所不小心沾上的吧。"

语文老师觉得她在扰乱课堂纪律，有些生气地说："坐下。"

她坐下去的时候，踹了一下前面人的凳腿，相当嚣张。许雾的笔跟着一颤，在书上画了长长一道线。

他呼了口气。

沈预拍了下李星荷，脑袋往前一伸问："他俩还没和好？"

李星荷点头回应他。

因为闻月的几句话，教室里瞬间沸腾。

已经有人开始看笑话了："我去，开什么玩笑？大学霸怎么可能上厕所拉身上啊，哈哈哈哈。"

"读书再厉害，也要上厕所的啊。"

有女生捂着鼻子难以置信道："肯定是误会！"

头发自来卷的男生叫胡栋宁，他说："是不是误会，看看就知道了。"

有几个男生特别看不惯许雾那副清高的样子，早就想找机会教训他了。

以胡栋宁为首，几个男生达成一致，包抄过去扯他外套，李登鸣被一个胖子挤得趴在桌上："喂——"

闻月连人带桌被挤到了后面。

语文老师面露难色，呵斥道："胡栋宁！现在是上课时间，谁允许你随意走动的？"

语文老师是去年才来的女教师，没经历过这种场面，一时间愣在讲台上不知所措，冲着几个男生喊了好几遍让他们回位置，没一个人理她。

任凭许雾反应再快，也敌不过四个人围着他下手。胡栋宁站在许雾桌前，趁他不注意一只手摁在他脖子上，把他整个头压在桌上，闻月能看到他暴起的青筋。

井然有序的课堂，变得鸡飞狗跳。

胡栋宁压在他身上去掀他的外套看："我去，还真是。"

胖子捏住鼻子，拖着长音道："咦——哟——"

"我看看，我看看。"一个两个全凑上来，场面完全失控。

许雾没再反抗，屏蔽掉耳边嘈杂的侮辱声，静静地望着窗外，数着那棵广玉兰掉了多少片叶子。

闻月玩过头了，没想到局面会发展成这样。

许雾数到第九片的时候，胖子拽着他衣袖想把他的外套脱下来。许雾起初没什么反应，直到胡栋宁的手抓住了他内口袋，许雾突然挣脱开来，眼神充满杀气地怒吼道："滚开。"

周围人全愣住了。

众人印象中的许雾，就像早晨和煦的阳光，他们还是头一次见染上坏情绪的许雾。

胡栋宁和胖子哪能这么容易放过他。

"怎么？沾了屎的东西别人碰不得啊？你的屎好金贵噢。"

其实稍微仔细一看就知道那是颜料，那群人故意当真哈哈大笑。

许雾旋即冷静下来，坐在位置上一言不发。

李登鸣连带着桌子被挤到前面，他艰难地出声道："现在是上课时间，如果被年级主任知道，我们全完蛋。"

语文老师气疯了："你们几个，马上给我回到自己位置上！"

胡栋宁才不听，重新抓上许雾的外套。

许雾冷着脸道："放手。"

"你挺神气啊！"胡栋宁一个眼神，几个男生立马围上去，许雾将内口袋里的东西紧紧攥在手心里，外套任那几个人扒下。

只有李登鸣看到了，许雾小心翼翼地把手里的东西放进校裤口袋里。

胡栋宁鄙夷地捂着嘴，提着许雾的衣服满教室甩："都看见了吧，我们的好班长是个上厕所还会溅到衣服上的人，哈哈哈——"

大家都看到了闻月说的黄点，交头接耳地说着悄悄话。

"胡栋宁，还能不能消停了？"语文老师走下讲台，瘦弱的身板站在一米八的男生边上，气势全无。

"不能。"

后门突然被人一脚踹开，年级主任怒吼道："都给我滚回位置上！"

胡栋宁一群人，把外套扔在地上甩回座位。

少年彻底卸力，头沉沉地磕在桌上，鬓角有汗往下淌，李登鸣递了张纸巾给他。

语文老师被叫走了，一群人在沉默中度过了剩下的十分钟。

老师应该觉得很挫败吧，明明是自己的课堂，却连几个学生都掌控不了。

年级主任气得差点摔杯子："胡栋宁，又是你。"

他是出了名的不服管教，隔三岔五上主席台念检讨。

年级主任把手机往桌上一丢说："给你爸打电话。"

胡栋宁怕他爸，站着不动。

"快点！敢做不敢当是吧？"

会议室的角落里，刚从隔壁学校跑来的闻津还有些微喘，他看着闻月说："说说吧，起因是什么？"

闻月沉默。

"是不想说呢，还是不方便说？"

"不想说。"

闻津又问："那你觉得自己做错了吗？"

"嗯。"

他看见少年从办公室门口路过，忙说："去道歉。"

闻月像乌龟一样往门口挪，男人又叮嘱了一句："诚恳点。"

许雾被语文老师叫去了，办公室的门微敞着，没看见人。

不在这里吗？

她走进去，角落里传来温声细语的对话。

"许雾，今天的事老师很抱歉。胡栋宁那群人等史老师回来，我会向他报告，史老师肯定会严肃处理的。"

闻月立马蹲下，躲在化学老师的工位后面。

她不知道少年什么反应，只听到语文老师又说："你和闻月同学是有什么过节吗？"

闻月莫名有点紧张，屏住呼吸和语文老师一样等着那人的回应。

哪怕是遭人陷害，被人羞辱，他依然这么冷静，不争辩不解释，只是说："谢谢老师，这事就这么算了吧。"

"算了？"

闻月和语文老师一样惊讶。

她探出脑袋，少年侧对着她，语文老师被办公桌的隔板挡住了，只能看见对方的头顶。

"嗯，算了。"他说。

遗憾此刻听不到蝉鸣，办公室里静得落针可闻，语文老师心有歉疚。

闻月单手抱膝蹲在地上，另一只手攀着隔板，低头看着自己散开的鞋带，耳边萦绕着那句"算了"。

他不和她计较，闻月的心情反倒复杂起来。她希望许雾反击，或者说至少不是选择宽容。

正前方的桌子上摆着两摞没有批改的化学作业本，窗外的树叶

"沙沙"响，风跟闻月一样悄悄潜进来，掀开最上面那本，光滑的封面垂在半空中来回扇动。

许雾那边没声了。

闻月正纠结着要不要系个鞋带，眼前覆下一片阴影，一闪而过。

少年站在门外半转过身子看她。

闻月心虚，低头系鞋带的动作像是开了慢动作特效。散开的那根系好后，她又换到另一只脚把系得松松的鞋带拆开重新系一遍，才缓缓仰起头。

门外的人还没走，许雾的目光毫不避讳地落在她身上，像在说，继续系啊。

闻月蹲半天脚麻了，她咬牙站起来跺了跺脚，刚想道歉，许雾走了。

闻月一出办公室，就被火急火燎冲过来的蒋荪拦下了。

"跟我来。"

他把她拽到没人的地方，粗壮的树干遮住两人一半的身子。

蒋荪压着声音说："你要用我的东西干坏事之前，能不能提前通知我一声？"

许雾平时很少和同学交流，除了身为班长和同学之间有些不可避免的交集，能称得上朋友的，大概只有蒋荪了。

他今天在画室画画，中途手机炸了，个个都是前线记者，播报教室里的最新战况。

蒋荪气得手都在抖，翻了老半天聊天记录，终于找到了："看！"

少年被压在桌上，手背青筋暴起，他垂在椅侧的手紧握成拳，任凭那群人欺压。

从拍摄角度看，照片应该是窗边的同学拍的。

闻月当时只能看到男生的背影。许雾被围在中间，她看不到他当时的神情。

闻月接过蒋荪的手机。

她还是第一次见这样的许雾。

那一刻，他不是站在国旗下讲话的少年，更像深潭里的草，被旁边的污泥染黑了，让人忘了他原本是明亮的。

"你和许雾之间是有多大的过节，你要这么整他？"蒋荪一直视许雾为榜样，他接受不了许雾遭受这些。

闻月靠在树干上，心不受控制，实实在在地抽了一下，问："说完了吗？"

蒋荪叹了口气，欲言又止道："说完了。"

闻月把手机扔还给他说："那我走了。"

她一分钟前看到许雾往体育馆那边走去，摆脱蒋荪后她跟了上去，看着他上了体育馆的顶楼。

他坐在一堆报废的运动器材上，手里拿着几张旧得发黄的纸，一阵风吹过，几张纸发出脆响，估计经历了不少次水灾，是那种听起来一捏就碎的声响。

许雾没发现身后有人，他把纸摊在屈起的膝盖上，用手护着，上面歪歪扭扭的字，许雾看了上千遍不止。

"同学！你跑这么快做什么？当心点！"一楼的保安大叔拦住从楼梯上三两步跳下去的闻月说。

闻月冲出体育馆，撑着墙壁气喘吁吁。她点开手机相册，第一张就是许雾的侧影，三分钟前看到的不是梦。

她把图片放大，每一张纸的左上角都有一个铅笔画的小人。那是闻月小学的时候，在日记本上画的莴苣姑娘。

二〇一四年十一月六日，闻月发现了一个秘密：许雾喜欢自己。

当你得知一个人喜欢自己的时候，再看他总会有一种微妙的、难以言喻的感觉。

比如，闻月转眼就帮许雾出头了。

第十一章

她 输 了

当天下午，胡栋宁一行人从厕所回来，闻月老远就听见了他们打闹的声音。男生进门看到数学课代表在最后一大组分试卷，心里那点不安分又开始躁动了，明显没玩够。

课代表刚数出来八张卷子，胡栋宁来到他旁边抽走了两张。

"我刚数好！"

胡栋宁摆了摆手，慢悠悠地朝许雾的位置走去道："我的那份不用发了。"

他把手里的卷子叠成两个小方块，重重地扔在许雾的凳子上，顺手拿起许雾桌上的笔，弯腰在方块上面写了几个大字：多给的，是送你上厕所用的。

几个人围在后面笑，气氛又回到了高潮。

胡栋宁转身抬起双臂，嘴角快咧到耳朵了，像是等着加冕为王，很多人在起哄。

阵阵笑声，像针扎进闻月的耳朵里。

"啪——"

闻月拿起许雾凳子上的方块卷子狠狠地摔在胡栋宁身上，不只胡栋宁傻了，其他人也都愣住了。

"闻月，你脑子进水了？"胡栋宁撸起袖子吼道。

闻月两眼无辜地看着他，"啊"了一声说："我还以为你要玩摔'包子'的游戏呢。"

她捡起掉在地上的方块卷子，一本正经道："小时候我经常缠着我表哥要跟他玩摔'包子'的游戏，但是我哥总因为我叠不了'包子'就不带我玩儿，说我们女孩儿叠得烂还没劲儿。"

说话的工夫，她已经拆开重新叠了，胡栋宁那几个狗爬字被折在里面，看不见了。

她掂了掂手上标准的"包子"，挑眉问道："来一局？我跟我表哥不一样，你叠成什么样子，我都不介意。"

"来个屁啊。"胡栋宁莫名其妙被抽了一巴掌，如果闻月不是女的，他早还手了。

闻月收起笑意，骂道："胡栋宁，你个鳖孙！"

"你他……"

"老师来了！老师来了！"

外面有人冲进来喊道，一阵"乒乒乓乓"的声音，人人争着抢着回自己的位置。胡栋宁还没来得及放狠话，就被几个关系好的同学拖回去了。

闻月在想：如果她没发现许雾的秘密，结局会一样吗？

"闻月。"

"闻月。"

老师连叫了两声，她才站起来。

"复述一下我刚才的话。"

前面位置空荡荡的，闻月脑子乱糟糟的。老师也没问人去哪儿了，闻月心不在焉地复述道："闻月，闻月？"

其他同学："哈哈哈哈哈——"

旁边好心的同学一直在提示她，那声音都快比老师的响了："三次求导，三次求导！"

三次求导后面是什么?

算了。

她压根儿没心情听课,数学老师今天对她格外宽容,说了句"好好听课",就让她坐下了。

下午第二节课,人还是没影儿,直到晚课都没见着他。

放学后,等大半同学走了,值日生开始翻凳子。闻月走到他旁边,男生莫名心慌。

闻月帮着他把凳子翻到桌上说:"我想跟你换一天,可以吗?"

"可、可以。但是他不在,你一个人可能弄不完,等会儿还要洗拖把。"

"他等会儿会回来的。"

男生看见许雾的书包还在位置上,这才收拾东西离开。刚到后门又觉得这样不行,他不确定闻月等会儿会做出什么事来,思前想后又走回去说:"要不我还是帮帮你们吧,这样快些。"

"不用了。"

"那行吧。"

许雾回到教室的时候,里面就开了一前一后两盏灯,和他一组的男生不在。

教室的黑板已经擦过了,椅子也都翻上去了。许雾拿起门边的拖把开始拖地,窗外有一道紫光一闪而过,他没受到一点影响。

一个闷雷过后,乌云被划开一道口子,雨水倾泻而下。

窗边同学的桌上摆了很多书,许雾准备过去关窗。彼时昏黄的灯下站起来一个身影,纤细的手臂抬起合上窗户。

外面一片漆黑,透亮的玻璃上映着一张模糊小巧的脸。教室里鸦雀无声,只有"啪嗒啪嗒"十分急促的雨声。

她怎么在?

闻月的袖子往上挽了两圈,这么看来,黑板是她擦的,地也是她扫的，他收回目光继续拖地。

从发现她的那刻开始，他自始至终都很平静，平静得不像话，仿佛白天害他被众人撕扯的不是她。

他还穿着那件外套，闻月隔着四列桌子隐隐还能看见那几个黄点。

向蒋苏借颜料，花了整整一个小时调色就是为了整他。想让他在全班同学面前难堪，想看他暴怒却又拿她没办法的样子。

她做到了，没有预想中的开心是真的。看见那个骄傲少年的另一副面孔，有点爽也是真的。知道他喜欢她，震惊也是真的。

闻月蹲下去用没墨的笔端抠粘在地上又干又硬的口香糖，也不知道是哪个没素质的家伙把口香糖吐在地上，她差点呕出来。好不容易抠完这坨被人踩得黑漆漆的脏东西，起身后发现人不见了，下意识地看向他的座位，书包还在。

闻月猜他可能去洗拖把了，走到男厕门口，里面传来"哗哗"的水声。她大胆地探了个头，拖把靠在一边，许雾在洗外套。

身后磅礴的大雨掩盖了少女小心翼翼的脚步声，当阴影笼罩到许雾身上的时候，他才发现有人进来了，还是个女的。

他反复搓揉的动作戛然而止，他皱了下眉，没说话。

闻月看见他的白衬衫被水溅湿了好几处，水柱在少年的手背上冲散成无数的小水珠。她现在才发现，他的手竟然这么好看，忍不住多看了几眼。

最后一点痕迹冲洗干净，许雾默不作声地收起衣服，关掉水龙头走出去。

他转身的时候，闻月发现他左手手臂上有一道触目惊心的划痕，几颗血珠融在残留的水渍里。

她一把拽住他的衬衫，看着他受伤的手臂问："今天弄的？"

水龙头没拧紧，还在滴答滴答往下滴水。

闻月听见少年哑着嗓子说："如果你还在因为那天的事生气，那我跟你道歉，我不是有意放你鸽子的，竞赛提前确实不在我的意料之中。没有及时告知你是我的疏漏，害你错过了更正时间，对不起。"

闻月看着窗外的雨说："我要是不接受呢？"

许雾转身正对着她，声音带着雨夜特有的朦胧感，喊了她一声："闻月，我玩不起。"

厕所的窗子为了通风从来不关，下雨也一样，细细密密的雨丝斜扑进来，就像一层薄纱罩在脸上，两人静静地凝望着彼此。

雨声之外，只有交错的呼吸声，她透过薄纱观察到少年的下睫毛很长，鼻梁上有一个小口也是今天蹭破的，红红的，清洗过的外套在滴水。比起闻月，许雾看起来更乖。

他像一个受欺负的老实小孩，低眉顺眼地求她放过自己。

后来的几年里，闻月无数次梦到自己拿着铁球，狠狠地砸向昏暗走廊尽头里那个孤独摇曳的身影。

她输了。

与其说闻月跟许雾从两条毫不相干的平行线变成相交线是因为德育分这件小事，倒不如说是因为许雾这个人。

众人皆知，闻月和许雾休战了，生活不停倒带，一切恢复如初。

那段时间峪县的天气一直很糟糕，不停地下雨，厕所门板上挂着水珠，大理石地面湿漉漉的。

池芦芝带着闻池贺来峪县看她，结果两人大吵了一架，最后不欢而散。

轰隆隆，几个闷雷炸出了女生的尖叫。

食堂的灯顿时显得格外明亮，闻月的筷子狠狠地戳在煮得软烂的牛肉上。

沈预端着餐盘吹着口哨，心情完全没受天气的影响，坐到了闻月对面。

她抬起眼皮看了他一眼，问："你写完了？"

他拿起筷子夹了块鱼饼扔到嘴里，嚼了两下后才开口道："没呢，还有三千字。"

闻月放下筷子问道："你也是从小窗逃出来的？"

沈预趁她不注意，夹走了她盘子里的另一块鱼饼，伸出食指一脸不羁地摆了摆说："No，我走的门。"

沈预和闻月又迟到了，史学民骂骂咧咧地把两人拎到办公室写检讨，不写完不准吃饭。

闻月从办公室的小窗户逃出来倒不是因为饿，而是实在写不下去了，闷得慌。沈预就惨了，早上斥巨资买了一个满配蛋饼打算早读时吃，结果硬是放在书包里凉透了，中午被史学民盯着也没吃成，差一点饿昏了头。

桌上杯盘狼藉，少年打了个饱嗝，闻月嫌弃地看了他一眼。

两人刚出食堂，凉凉的雨丝就落在脸上，两人毫不在意地继续走，沈预时不时说几句她不想搭理的废话。

走到小卖部门口，雨势明显变大。闻月撑开伞，雨滴砸在伞面上发出急促的"啪嗒"声。

"不是说小雨吗？这雨怎么一下子这么猛，气象局行不行啊？"他说着，很自然地钻到了闻月的伞底下。

"气象局不行，你行？"闻月一边把伞往自己这边倾斜，一边说，"带个伞有那么困难吗？"

"难。"

闻月直接撑伞走了："那你淋死吧。"

"别啊，这雨都快把我脖子砸出洞来了，等等我啊！"

地上一片黑，根本看不到哪里有水洼，脚踩过的地方水花四溅，两人磨磨蹭蹭地回到教学楼时，晚课已经开始了。

沈预先跳进走廊，踩着湿掉的鞋子狂抓头发，发出悲壮的声音："这可是我刚买的新鞋，抢了一个月！"

球鞋狂魔沈预一穿新鞋就下雨，一穿白鞋就被人踩，准避不了。

"今年梅雨季节的时候就劝你买双雨鞋，你不听。"

闻月倒是没怎么被打湿，不过她有个不好的习惯：收伞之前，一定要转几圈甩掉伞面上的大部分雨水。

一楼走廊的灯上午刚坏，修理工还没来得及维修，只有从拐角教室里流出来的一些破碎的光。这个点大家都在班里安静地自习，闻月以为走廊上只有她和沈预两个人，便随心所欲地转起了伞。

因她动作太大，沈预站在离她五步远的地方依然被溅到了，骂骂咧咧说："你又这样！"

"怎样？"

这姐今天心情不好，沈预不敢往枪口上撞，收拾起郁闷的心情，抖了抖湿透的裤子，问她："我去买可乐，你要吗？"

"一罐百事。"

沈预去一楼最东边的饮料机买可乐，闻月握着伞柄疯狂地转了三圈，走到办公室后门才收起来。

四班就在办公室旁边，闻月弓着腰趴在后门，看到史学民坐在电脑前改卷子，她放心地溜回了教室。

早上的检讨还剩一千字，闻月打开手机搜索了几篇看起来相对真诚的，心里盘算好用哪几段，整合后立马掏出笔开始唰唰唰地抄，后门有人进来，几丝冷风飕飕往里钻。

"你头发怎么湿了？"后门边上的男生不想写作业，看见许雾回来忙不迭搭话。

除了听见教室里窸窸窣窣的小动作声，闻月还听见有人在讲话，她忙着抄还不忘东张西望。

男生甩了甩头发，桌面上的试卷被润湿几点。闻月恰好捕捉到这一幕，许是淋了雨，许雾那张精雕细琢的脸像晨雾散开后的青山，带着冰凉的湿气。

闻月和他对视了一秒，那双漆黑的眸子里看不出任何情绪。她耸耸肩，继续抄自己的检讨。

一楼最西面的拐角有个杂物间，里面放的是暂时不用的课桌椅以及一些新的打扫工具。

史学民让许雾去杂物间拿两把新扫帚，他刚从杂物间出来就被甩了一脸水，昏暗中的少女却有说有笑的。

没一会儿，沈预推门进来说："接着。"

一罐红色的可乐落在闻月手里，她咬牙切齿道："不是让你买百事吗？"

沈预笑笑，从鼓起的裤兜里掏出一罐蓝色的，当着闻月的面打开豪饮一口道："百事真好喝。"

闻月："……"

她想也不想就把桌上的草稿纸揉成一团朝沈预砸去，沈预躲得快，纸团堪堪擦过他的发顶，最后砸在了史学民的裤子上。

沈预瞳孔地震："哟——"

纸团滚落在那双棕色的旧皮鞋前面，几人屏住呼吸，心里默数着：

一，二，三。

后门的史学民怒吼一声："闻月，你给我出来！"

空荡荡的办公室里，史学民板着脸训斥闻月："你上次和沈预、李星荷翻墙出去的事，我还没找你们算账呢！"

彼时，办公室的门被人推开，沈预一只手插裤兜，另一只手拎着一沓草稿纸，精神小伙似的往里走："老师，我来写检讨了。"

史学民头更痛了，本来还想说些什么，想了想又憋了回去。

"白天让你们写的检讨，现在还没交给我。"史学民问两人，"还差多少字？"

沈预抖了抖手上的纸说："她五百，我两千。"

"赶紧写，今天写不完，谁也别想回家。"

沈预把她的那份递给她，揶揄道："你写得挺快嘛。"

闻月没说话，窗外大雨磅礴，豆大的雨点砸在玻璃上炸得乱七八糟，和她此时的心情一样。

沈预给她拖了张凳子，闻月不理，兀自走到靠走廊的窗边，把纸铺在狭小的窗台上。

办公室里没有老师，也没开空调，只有头顶那个孤零零的电扇悠悠地转着。闻月鼻尖冒了点汗，她随手擦拭后凭着残留的记忆，唰唰唰写了几行违心的自我检讨。

走廊角落的那道视线半晌后才挪开，身影从黑暗走向光亮，最后在储物柜前停下。

办公室会客桌前的沈预清了清嗓子，蹑手蹑脚地走到她旁边问："你真不饿吗？你今天就没吃几口东西。"

他靠在窗沿上，稍一偏头就能看见闻月的脸。表面上看起来啥事没有，但沈预知道她心里难受："放学后我们去吃烤串吧，李星荷家附近有一家新开的烧烤店，味道一级棒。"

闻月还在写。

"你要不想去的话，那麻烦你等会儿把我送到地铁站？"

她缓缓转头，给了他一个白眼道："做梦！"

沈预拿了纸笔挨着她说："日行一善嘛。"

闻月嫌弃地往旁边挪。

办公室的窗台上，两人奋笔疾书。

闻月写完最后一行，忽然拿手肘杵了下右边的人。沈预停笔问："怎么了？"

她一边转笔，一边示意他向右前方看。

走廊上有两个人，许雾站在储物柜前拿书，女生乖乖地站在他旁边。他从最上面拿下来，然后递给她。

闻月一时间想不到用什么词来形容这和谐的一幕。

她忍不住笑道："那不是初一把你写的情书丢进厕所冲掉的女生吗？"

这是沈预的黑历史，谁提他跟谁急。他初一喜欢祝千吟全班都知道，自打祝千吟把他送的情书冲入下水道，全校都知道了。

沈预蔫儿了吧唧地说："这女的怎么阴魂不散的？"

闻月觑他一眼说："这话也轮得到你说？"

见两人朝这边走来，沈预怂了："我换个地儿写总成了吧。"

闻月一把摁住他的脑袋说："瞧你这没出息的样子！"

她拿起多出来的那张纸，熟练地揉成刚才那样的大小，纸团很轻，速度也不快，这回精准地砸在许雾的肩上。许雾和祝千吟同时转头，闻月一只手搭在沈预的肩上，另一只手朝许雾勾了勾，示意他过来。

由于灯坏了，走廊相对较暗。而她藏在光里召唤他，像是油画里的少女。

祝千吟看她一脸得意，像是吃准了许雾一定会过去的样子，心里顿时不爽。在看清沈预那张脸后她更烦了，轻轻地对身旁的许雾说："走吧，程老师还在等我们。"

许雾没动，说："你先上去吧。"

女生想等许雾一起，顺便看看闻月耍什么把戏。可惜她没理由站在这儿，又招架不住对面还有个沈预，只好拿着书先上楼了。

"你可以换地儿了。"闻月提醒旁边的人。

沈预一脸疑惑。

敢情他只是个工具人。

许雾捡起地上的纸团走过去，少女抱胸站在窗内侧，她的头发一半散落在胸前，一半披在肩后，领结还歪了。见她没有伸手接的意思，他直接把纸团放在窗台上，准备离开的时候，衣服袖子被人扯住了。

"真没想到，我们班学霸也有听墙脚的癖好呢，听了多少？"

许雾对上她的眼，坦言道："全部。"

闻月松手，在许雾的注视下走向史学民的办公桌，然后借了他桌上的订书机，把那十张纸的检讨订在一起往他桌上一扔。

出来的时候许雾还站在原地，地上灯影幢幢，闻月走近打量他，顾长的影子比她的高出了一大截。他皮肤很好，眼睛细长，长相恰好也是闻月最中意的眉清目秀的类型。

闻月握拳说道："许雾作为一中的希望，要加油噢！以后别偷听墙脚了。"

她跑回教室，松软的头发擦过他的颈侧，空气中飘着淡淡的桂花香。

第十二章

完美身高差

当天晚上，闻月梦到了史学民。梦里史学民拿教棒指着她的鼻尖，疾言厉色地说："你现在的德育分只剩五十四分了，要是在期末考前补不到六十分，你看我家长会上怎么收拾你！看看你爸妈回家会怎么收拾你！"

"家长会绝对不行！"闻月嘟囔着，从梦中惊坐而起。

不知道是空调温度开太高了还是被吓的，闻月后背直冒冷汗，卧室里静得可怕。这会儿才凌晨三点，她靠在床头呆坐了十分钟，才继续倒头睡觉。

爷爷奶奶前几天报了个旅游团出去玩了，小叔昨天有急事去临市出差了，家里只剩下闻月，她这一觉差点睡过头。

早晨七点左右，少女骑着车飞速闪过，刮起地上的落叶。

许雾到班的时候，推开后门看到闻月坐在位置上，书包还没放下，手撑着额头，脑后的发丝乱七八糟的。

不知谁把左边的窗子打开了，风掠过操场直奔教室，讲台上的表格被吹到了地上。许雾放下书包过去捡了起来，经过闻月位置的时候，衣角不小心蹭到了她的手肘，她毫无反应。

其他同学有的开始轻声背书，有的在订正昨晚的试卷，只有闻月还呆坐着。她感知到前面有双眼睛正盯着她，便抬头看了眼，是许雾。

她今天没什么心情，名字签得潦草，"月"字少了一横。

许雾在闻月下方的空格里签上自己的名字，顺带帮她加了一横。

闻月先前赌气的时候把桌子死命往前移，许雾闷声不吭，在二分之一的空间里坐了好几天。

走廊上传来阵阵笑声，闻月目光立马转过去，七八个同学勾肩搭背地从前门挤进教室，男生声音洪亮："早啊，班长。"

许雾点了点头。

"哟！"李登鸣紧接着一惊。

沈预就在他们的后面，不客气地踹了他一脚说："'哟'啥呢？吵死了！"

他双手插兜越过男生，校服领带系在腰后的斜挎包上，看清前面的人后："哟——"

这一声比李登鸣"哟"的还响。

沈预快步来到座位上，脚钩着椅子，身子趴在桌上调侃旁边的闻月："这位妹妹，头都没梳就来上学了？"

"滚远点。"

"啧，大早上的，生气对身体不好。我买了两个烧卖，你要吗？分你一个。"

闻月摇摇头，一句话没说就把他递过来的手挡了回去，从桌斗里掏出一本昨天没看完的小说。看了半页不到，脖子被沈预从后面用校服领带勒住了。

闻月抄起手上的书砸过去说："你想死说一声就行，我成全你！"

沈预迅速歪头躲开，两只手在她脖子后面飞快地打了个半温莎结，顺带给自己配音："咻。"

松垮的领带转到她胸前，闻月低头看了眼说："丑不啦唧的，又犯病了？"

"哪儿丑了？这我新买的，跟你关系好，才借给你戴一天。"沈预把书包里的东西倒在桌上，压低声音愤愤不平道，"顺带谢谢你昨天对我的关心！"

闻月微笑着解下了自己的领带帮他系上，说："说这些客气话多见外，应该的。"

班上同学都知道闻月和沈预关系好，倒是没人在意两人之间过分亲昵的举止。

"你还在背这一页吗？"李登鸣小声询问。

李登鸣前面几次转头，想借许雾的作业看，原先以为他在默背文言文，不好意思打扰，后来发现许雾竟然走神了！

许雾抬眸问李登鸣："怎么了？"

李登鸣拎起空白的数学模拟卷晃了晃，许雾明了，从抽屉里拿出自己的给他。

"谢谢班长！"

课间休息的时候，李星荷过来找闻月聊天，看到她胸前的领带问："哇，好好看，哪家店买的？"

"沈预买的。"闻月从书包里抽出水杯说，"打水去？"

"走。"

李星荷回去拿上自己的水杯，挽着闻月的手，路上两人有说有笑的。

"我上周去体检缩水了，去年还是一米六，今年变成一米五八了。"李星荷不服气地说。

"一米五八挺好的，小鸟依人。"闻月喝完杯子里最后一口水说，"黄金差十二厘米，沈预正好一米七。"

没等李星荷反应过来，沈预从旁边蹿出来说："说谁一米七呢？"

走廊上来来往往许多人，沈预比旁边几个男生明显高出一截。略长的头发在课上打瞌睡的时候被压得乱七八糟的，像鸡窝一样。

他拽住路过的许雾说："我一米七的话，他也一米七。"

打那件事之后，闻月在公开场合就没跟许雾说过一次话。她刻意挪开眼，只听见许雾的声音："我净身高一米八。"

沈预挺直背说："我一八零点五。"

闻月毫不留情地戳穿他："开学体检一七八点五。"

沈预一时无语。

李星荷问闻月："你是不是比去年长高了？"

她说："高了一厘米，去年一米六七，今年一米六八。"

"真好。"李星荷一副羡慕的神情。

许雾的目光落在她的领带上，闻月抬眼间他移开了。

她眨巴着眼问了个毫不相干的问题："月考数学，你一百四十六分？"

许雾："嗯。"

他以为还有下文，结果她什么也没说就转身走了，沈预跟着闻月他们一起回班里。

蒋荪从背后冒出来问："她问你数学成绩干吗？"

"不知道。"

"不过，你和她身高差恰好是十二欸。"

所以，他上次才会恰到好处地闻到那股淡淡的桂花香。

"号外号外！小学妹竟然给大耳写情书了，这小学妹有眼疾吧！"

走廊上声音嘈杂，像菜市场，新鲜的八卦如雨后春笋出现。

少年的心事要么卑微地烂在心里，要么嚣张得尽人皆知。

许雾避开刚才那个话题，问他："你今天这么快就画好了？"

蒋荪是个艺术生，文化课成绩不错。虽然分数和许雾有点距离，但稳在年级前十。蒋荪有时候会出去集训，学校也有专门的老师指导。他一半时间都在学校的画室里待着，在班里存在感不强。

"老师被叫去开会了，逃回来上节课。对了，"蒋荪点开一个页面给许雾看，"这是檀大举办的中学生数学大赛。你看看，符合报名条件的话可以去试试。"

"好。"

"物理竞赛，你报了的吧？"

"嗯。"

许雾微微侧身，前面三个人背影欢快，沈预还在喋喋不休地探讨身高问题。

"闻月，你老实说，是不是背着我们偷偷吃营养品了？男生比女生晚发育两年不是吗？为什么你还长个？"

有个男生走过来说："许雾，史老师叫你去办公室。"

蒋荪："那我先进去了。"

许雾："上午的笔记就在我桌上，你自己拿。"

"好。"

办公室里老师都在，许雾推门进去的时候，语文老师和数学老师正在讨论快慢班学生的差距。

"许雾来啦。"门边的英语老师喊了声。

"老师好。"

史学民对班长要求很严格，不仅是学习上，还有日常事务上，许雾每周都要被他叫到办公室去汇报一次班级情况。

"还有一个半月期末考，这几周的德育分先不统计，期末考试考完后再统计，能赶上家长会就行。"

许雾点头。

"这周开始，签到表统计的事重新交给你处理，不过这段日子的签到表你先收着，最后统计完了再交给我。"

"好。"

"还有件事，"史学民停顿一下才说，"你现在这个位置坐着还行吗？要是旁边人会影响到你学习的话，我给你调个位置。"

他说的是沈预和闻月。

许雾摇头道："不影响。"

大课间有二十分钟，所有人不急不缓。

打水区，沈预看到李登鸣，凑过去问他今晚要不要抢鞋。

女生站在走廊上闲聊，李星荷吃着果冻问闻月："有人给你写情书吗？"

"你说的是以前，还是最近？"

"最近。"

闻月思索一番后回答："某个不知名男同学，上周往我储物柜里塞了一张。"

储物柜的缝隙只能塞一张超薄的纸，闻月那天打开柜门的时候，几行难掩激动的话语赤裸裸地暴露在空气中。

闻月没看，直接撕了。

"有人给你送情书了？"闻月问。

李星荷甩了甩她超酷的短发，清了清嗓子说："就是不知道是谁写的。"

"字迹看不出来吗？"

"看不出来。"李星荷对这事没太多想法，转而开始八卦起别人，"你说像许雾那种人，是不是每天会收到很多情书？"

"你说许雾？"闻月吃了一块小饼干说，"那怕是要收到手软。"

虽然坐在他附近那么久，好像没见过有女生来塞情书，但是他这样的人，情书肯定不少收。

"没有收到手软。"一道低沉的声音，冷不防从后脑勺飘过来。

闻月和李星荷顿时回头，不知道他在后面站了多久。

不是叫他别听墙脚，怎么又？

"李星荷，帮我接一下。"

同班一个女生抱了一沓作业本，摞得很高，眼看着就要掉下来了，李星荷赶紧跑过去帮忙。

"班长大人收到的情书，怕是可以开个展览会了吧。"闻月瞧向他，眼里带着揶揄他的快乐。

"你也不逊色。"

闻月刚想说什么，许雾就走了，颀长的背影湮没在人群中，很出挑。

第十三章

我们选的一样

日子一天天过去，闻月和许雾的关系也一天天缓和。

沈预最近很"用功"，一大早就问许雾要试卷："班长，数学的模拟卷三借我抄抄呗。"

"我没写。"

"嗯？"沈预瞪大眼睛说，"这不是昨天上午发的卷子吗？"

下节就是数学课，许雾竟然还没写。

沈预管不了这么多，他现在就想赶紧填满这张纸，不然等会儿史学民会找他算账。

"李星荷，数学你写了吗？李登鸣，你呢？"

蒋苏和闻月顿时不满，异口同声道："不问我？"

"啧，你俩别添乱，等我要到了，肯定给你俩一份。"

蒋苏无语，他这个班级万年老二选手根本不需要。

闻月懒得和他多说，想趁着下课多刷会儿微博。

李登鸣把卷子递给沈预，他刚抄了三道选择题，数学课代表一路飞奔进教室说："大家去公教607，带上卷子、数学书，还有笔记本，动作快点！"

"CCBDA，BBC。"沈预看着大家纷纷往外走，手上动作没停，几个字母快飞到天上去了，"去公教干吗啊？"

"公开课，蠢货。"闻月拿上书走了。

以往的公开课，老师都会提前找几个托儿，今天这堂公开课是教导主任临时通知的，而且不是史学民上，是隔壁班的老顽童给他们班上课。

老顽童来不及安排了，只得守在公教607门口等救星来。

许雾是最后一个到的，他和老师微微点头，弯腰准备穿鞋套的时候，被老顽童拉到了一边。

男人笑起来脸上的褶皱全堆在一起，他说："今天的公开课不仅有本校的领导，三中和附中的校领导也都来了，等会儿课上的互动可能会有点多。"

许雾习惯了这种场面，"嗯"了一声。

老顽童跟在许雾后面走进教室说："人都到齐了吧？还有两分钟我们开始上课。"

闻月坐在最后一排，她身后是单向透视玻璃，领导就坐在玻璃后面听课。许雾进来的时候，只剩闻月旁边的座位了。

上公开课大家都很安分，一个个小学生标准坐姿。只有闻月那一块，个个坐姿休闲。

在老顽童的眼里许雾是轻松，闻月可就是找不痛快了。

他沧桑有力的声音从话筒里传出来："昨天上午发的模拟卷三都带了吧？下面请许雾同学报一下答案，其他同学认真听，有异议的地方等会儿提出来。"

"呜呼——"

闻月浑身上下每个毛孔都叫嚣着，感到前所未有的畅快。

他那张空白的卷子，还夹在笔记本里。

玻璃后面，本校领导知道老顽童叫许雾是为了撑场子，这行为多少掺了点水，但为了在其他两位校长面前抬起头，许雾是最佳选择。

许雾站起来之前，闻月往他的书上贴了张便条：需要我帮忙吗？

这张卷子我昨晚上网搜索了四个小时，质量有保证。

她以为许雾会无视她，或者把那张便笺揉成一团摁在桌面上，万万没想到许雾看了她一眼。

在公教607的那个冬天，她接收到了许雾的求助，是她那个年岁里的第一个高光时刻。

闻月迅速撕下一张新的便条：

一个要求。

在老顽童的视线盲区里，许雾接下了这张便条，闻月悄无声息地把卷子挪到他面前。

这可是一桩大买卖。

闻月跷着二郎腿，闭着眼睛靠在椅背上，许雾报答案的声音像琴键下蹦出来的音符，每一声都落在闻月的舒适点上。

"很好！请坐。"

"有没有同学对许雾同学的答案有异议的？"

许雾的答案谁敢质疑，老顽童问了两遍，只有稀稀落落的几只手。

老顽童挨个点过去。

"范温。"

"第八题为什么选D？"

老顽童在第八题上做了个标记，反问他："你的答案呢？"

"A。"

"好，先请坐。"

"大家翻到第八题，首先，我们看到这种题目的第一反应肯定是两个公式，哪两个公式？"

选择题的最后一题属于"劝退题"，底下没几个人有反应。这在老顽童的预料之中，于是他一边问，一边在黑板上写。

一道选择题整整讲了十分钟，闻月只听了最后一句："所以第八题选D没有问题。"

第八题选D……

她默默地在心里研读这几个字。

"你不信我？"少女站在树荫下质问他。

公共课结束后，许雾先她一步走出教室。

"我信啊。"许雾鲜少有这种轻快的时候。

"那你为什么不照着我的选择题答案念？第八题我选了C。"

许雾那双清澈的眼睛莫名让闻月心底一颤，他说："C是典型干扰项，你用昨天课上讲的新方法算。"

"哦。"

"看来网上的答案并不靠谱嘛。"闻月抢过他手里的那张便条，干脆利落地撕了，"一个要求就免了。那个，之前的事，扯平了，行吗？"

"行。"

听到他说行，闻月眼睛都亮了，她的马尾辫在空气中随着步伐晃荡，像石子丢进湖里，漾起层层波纹。

下午有活动课，闻月窝在教室里睡了半个小时，醒来的时候教室里一个人都没有。她左手托着下巴发呆，蓦地瞥见许雾的桌上有个透明胶带，旁边连着一截使用过还未扯断的胶带。

闻月掏出手机，点开相机，放大两倍拍了张照片。她以为那么长一条，粘下来的会是某个写错的公式，或者是某个化学方程式。谁承想她定睛一看，全是许雾的名字，而且看笔迹，绝对出自他自己之手。

闻月第一反应是，这人也太自恋了吧，还真是个无趣又难以捉摸的人。闻月讪讪地收回手机，继续发呆。

发呆的主题还没定好，她敏锐的双眸又捕捉到了一样东西，胶带下压的是签到表。

闻月这回索性走过去看，桌面上那张签到表是上周的，第二列第二行的空格和第四列第四行的空格被他用胶带粘掉了，取而代之的是"闻月"两个字——他模仿她的笔迹写的。

峪县这个季节的天气好温柔，发丝吹到脸上会轻飘飘地移开，落叶掉在地上不会被雨水浸湿，单调的衬衫外面套上了软糯的毛衣，就连闻月这样臭脾气的人，都卸下了所有防备。

　　许雾是很细心的人，这样的东西大刺刺地摆在桌面上，人肯定只是离开一小会儿，马上就回来了。

　　闻月快步出了教室，脑海中一团乱麻。她撸了把自己的头发，心里觉得特别对不起他。

　　她泄气地靠在储物柜上，踮着脚把头往自己那格柜子里藏。

　　"啊——"满是懊悔的哀号。

　　许雾刚从厕所回来，看到这幕定格在原地："……"

　　闻月好想就这样睡死过去。

　　有个小虫飞到她腿上，有点痒，闻月懒得去拍。

　　她一闭上眼就是语文老师课堂上念的范文——《那个夏天》。

　　总有那么多老师，不厌其烦地让学生在作文里写夏天，小学是，初中还是。

　　闻月在想，又一个夏天过去了，她还是老样子。

　　别人写的那个夏天是热浪，是蝉鸣，是激情岁月。她记忆中的夏天，是小镇上那个穷同桌送的两毛一支的白糖棒冰，那股甘甜仿佛此刻就在舌尖弥散，很劣质的糖精味，却给闻月勾勒了一个独一无二的夏天。

　　"咚咚——"

　　许雾轻轻敲了两下柜门，闻月一个激灵，猛地抬头，快撞上柜子边缘的时候，被一只宽厚有力的手掌挡住了。

　　是许雾啊。

　　闻月以别扭的姿势怔了足足两分钟之久。

　　"腰不酸吗？"许雾好心提醒她。

　　这下好了，闻月在和夕阳比脸红。

　　她直起身的时候，忘了自己还有半个脑袋在柜子里，再次撞到了许雾的掌心。

温暖干燥的掌心让人莫名有股安全感，少年的头发在男生里属于偏长的长度，几根发丝在快速奔向她的时候落在挺立的山根上，他的下睫毛好长。

闻月的心跳突地加快。

不行！不行！别跳啊！

许雾忍着笑，扶了她的腰一把。

少女盈盈一握的腰肢有些烫手，许雾耳尖红了，幸亏闻月深陷在尴尬中，没注意到这个细节。

"我拿东西。"

许雾的柜子在闻月的上面。

"哦。"

"你好好拿，我走了。"

闻月落荒而逃，一个劲地拍自己的蠢驴脑袋。

深夜，闻月躺在床上教训叛逆的心脏。

紧张也会心跳加速，没错，就是这样。

期末考是五校联考。两场雪之后，大家好像进入了冲刺状态。

早上会看到扫落叶的同学手背上粘着一张便笺，上面写着数学公式和英语单词，就连沈预，早读都不打游戏了。

李登鸣觉得不至于，趁着下课问他："就一个联考，怎么感觉比中考还能激励你？"

沈预拿着从旁边女生那里借来的文言文笔记说："你不懂，士可杀不可辱。"

后面的少女拿物理书盖着头，在局促的黑暗中睡得十分安稳。听到两人谈话后坐直身体，闭着眼帮他解释："他和三中的人有过节，那小子放话说这次要把他踩在地上碾轧，怎么说的来着？有点忘了。总之，就是那小子一定会超他两百分。"

李登鸣瞪大眼道："两百分？"

闻月睁眼抬头，露出一个不屑的笑容说："超他两百分，很难吗？"

这下沈预坐不住了："闻月，你什么意思？"

闻月微微挑眉道："喏，这儿不就有个轻轻松松碾轧沈预三百分的大神，超沈预两百分算什么。"

"我哪能和我们班长大人比？你来比个试试。我就不信你能比我好到哪儿去。"沈预从她桌上掳走早上刚发的那张物理卷子说。

"三十八分，你还看不起我呢？怎么说我也比你多一分。"沈预骄傲地抖了抖自己的卷子说。

闻月趴在桌上，打了个哈欠，调子懒懒散散地说："倒数第二道选择题怎么会选C？明明应该选B，抄答案的眼瞎吧。"

"抄答案的正是物理老师本人，不可能会错的。"沈预笑她，"你可别拿你考场上掷色子得出的答案质疑权威了。"

"呵呵，爱信不信。"

李登鸣扭头看向许雾，想求证闻月说的对不对。

许雾微微抬头说："选B。"

沈预："……"

有这事？

浓烈的花香漫进教室，物理老师夹着教案匆匆赶来。她站在讲台上托了下滑落的眼镜，捡起一根粉笔在黑板上写下：24题，C改B。

她用指节敲敲黑板说："物理卷子的答案有一题写错了，你们自己改一下，分数也重新算一下。"

"啊？"底下更多的是不满，捏着红笔死活不肯减那两分。

"沈预。"闻月手在脸上"啪啪"两下，打脸了吧。

"这不科学。"

许雾前桌的女生桌上摆了面小镜子，角度正好，许雾透过镜子看到身后的少女扬起眉，给自己加了两分。

第十四章

别给我树敌

从杪听得心花怒放道："他肯定喜欢你！"

她拆开一根棒棒糖，放在光下眯着眼看了很久。荔枝味的糖果上粘着几颗尘粒，她使劲晃了晃才放到嘴里，问道："那你呢，你喜欢他吗？"

闻月躺着一动不动，从杪以为她睡着了。

她在心里回答：喜欢的吧。

很奇怪，不知道为什么，也说不上他到底哪里好，就是在她以为他帮自己签了名的一刹那，心里怪怪的。后来总是会忍不住去关注他，在意他的一举一动，甚至有些瞬间她觉得许雾对她也有好感，所以当发现他并没有帮自己签名的那一刻，她很生气，总觉得自己那些心动瞬间变得很可笑。那时她年纪尚小，没办法妥当处理那些新奇又陌生的感情，所以对许雾做了很多幼稚的事情伤害了他，弥补的手法也很笨拙。

那个视频一出，关于他们之间的故事流传出了各种版本。闻月任谣言发酵了一天，最后一节晚课，许雾在办公室帮徐春祥整理资料，她借着上厕所的名义去蹲人。

办公室的窗户开着，闻月揉起一个纸团丢进去，精准地砸在许雾的肩胛上。

他捡起地上的纸团走过去，见她没有伸手接的意思，他把纸团放在窗台上，准备离开的时候衣服袖子被人扯住了。

闻月挑了挑眉说："聊聊？"

他嘴角浅浅弯起，手跟着视线移动，拿开她的手说："快收尾了，等我两分钟。"

许雾回到电脑前，窗外的闻月低头看了眼自己的手，又默默揣进口袋。等待的时间里，她看了眼墙角，没有监控。

说两分钟就两分钟，他出来的时候闻月还站在原地。许雾对上她的眼，声音像是被井水浸染过，带着夜晚的清凉气息问："去哪儿聊？"

她指了下对面的杂物间。

除了老师，只有许雾有杂物间的钥匙，钥匙在他兜里。

"爬进去？"

"你不是有钥匙吗？"

"没带。"

许雾拉开窗先跳了进去，窗子很久没擦了，手上沾了一层灰。他拍了拍手准备拉她，闻月避开了问："你现在站的地方后面有东西吗？"

杂物间里的旧物，昨天刚好清理掉了，里面几乎是空的。

许雾回答："没有。"

"让开。"

许雾往旁边退了一步，顺带用手把窗帘拉到一边。

闻月手撑在窗台上，腿微微屈起来，用力跳了进去。许雾第一次见识到她惊人的弹跳力。

杂物间里全是灰尘的味道，闻月感觉自己的头顶上可能有一张巨大的蜘蛛网。

她背对着窗户理好裙子，听到后脑勺处"咔嗒"一声，立马回头问："你锁窗干吗？"

许雾："来这里聊，不就是怕别人发现吗？"

她想说，大晚上的，除了他们两个神经病，还有谁会乐意翻窗进这个脏兮兮的地方。

"那个视频是祝千吟发的。"

"我知道，她以前也是一中的。"

"许雾。"黑暗中，闻月叫了他一声，她慢慢地靠近他，许雾站在原地不动。

不同步的两股气息渐渐混在一起，闻月看到了他口袋里露出来的纸片一角。

"给我树敌呢？"她一边同许雾交谈，一边悄悄摸向他的口袋。

眼看着就要碰到口袋里的东西了，许雾一把截住她的手腕，稍一用力，闻月迫不得已靠近他。她手疾眼快，快速碰了下他的口袋，除了纸，里面还有一把触感十分明显的钥匙。

"不是说没带吗？"

许雾正想着怎么解释。

"竖笛，哪来的竖笛啊？吴老师，你有没有听到什么声音？"杂物间门口突然出现了脚步声和交谈声。

闻月反应迅速地把许雾推到墙角，他们藏在墨绿色的绸缎窗帘里。

狭窄的躲藏空间里，少女的心跳声暴露了。许雾垂眼，饶有兴致地看着她。

"哪有什么竖笛声？你幻听了吧。"

"不是竖笛声，是……"

"哎呀，别管了，赶紧开门吧。"

闻月拽着许雾的衣领，半个身子的重量压在他身上，她压着声音警告他："听花知的，离我远点。"

说完，她从另一侧的窗户跳出去了。

晚上八点半，两人又在上乌巷附近的超市里相遇了。

许雾站在超市外面，透过玻璃看见里面的闻月。她扎着马尾，露出白净的侧脸和脖颈，一脸专注地凑在货架前，一旁的购物篮里有很多东西。

货架上的苏打水只剩四瓶，她一股脑把所有的苏打水都扔进了篮子里。

许雾站在外面看了一会儿，进去以后径直走向饮料区，人不见了。他绕着货架转，最后在生活用品区看到了她。

纸巾放在货架的顶层，闻月踮了两次脚都没够着，不禁皱起眉，又试了两次，郁闷地低下了头。

许雾握拳掩笑，束手无策，还真不像是闻月的风格。

她想找售货员帮忙拿一下，往门的方向探了一眼，货车停在超市门口，员工都去门口搬东西了。闻月又看向收银台，收银小哥面前排了五六个人等着结账，她想着等他结完账再找他帮忙好了。

满满一篮子的东西放在脚边，闻月拿出手机发消息。察觉到背后有道目光盯着自己，余光轻轻扫过货架上的保温杯，她从杯壁上看到了顾枝蔚。小姑娘畏畏缩缩地藏在货架后面，就探出个头来。

闻月假装没看到，继续发消息，一分钟后，小姑娘还在，她拎起购物篮准备离开。

"纸不买了？"许雾从右边走过来问。

闻月瞥了他一眼。

许雾抬手，轻而易举地够到了她想买的卷纸。他弯腰从她的购物篮里拿了一瓶苏打水出来，然后把卷纸放到她的购物篮里。

闻月想把苏打水抢回来，许雾握着瓶颈的手略微用力，闻月瞪了他一眼说："想喝不会自己去拿吗？"

许雾指了指她的购物篮，说："你把剩下的四瓶都拿走了。"

"那你等售货员补货。"闻月加重了力道，许雾跟着用劲。

"四瓶你能喝完吗？"

"能！"

许雾也察觉到了货架后的小姑娘，他斜着往前迈了一步，挡住闻月问："看在我帮你拿了纸的分儿上，分我一瓶也不行吗？"

"一码归一码，你帮我拿纸我谢谢你，但是……"闻月乘其不备，一掌拍在他手背上，声音清脆，她把那瓶苏打水夺回来说，"苏打水是我先拿的。"

许雾的手背上一块红，她真下得去手。

"真不行？"他又问了一遍。

闻月一字一句道："不行。"

许雾逗她道："还在因为刚才的事生气？"

"谁生气了？"

"那把是我家里的钥匙。"

杂物间的钥匙，他放在了另一边的兜里。

闻月不理他，许雾看了眼她的购物篮，里面是一些老人习惯用的东西，他状似不经意地问了句："你要去看他？"

这家超市离上乌巷有点距离，很少碰到熟面孔，加上这个点人不多，根本不会有人在背后指手画脚，但许雾还是非常保险地用了"他"。

闻月眉间拧成"川"字，问："这和你有关系吗？"

感应门被设置成敞开的状态，售货员把卸下的货一箱箱往里搬。闻月提着东西去收银台排队结账。轮到她的时候，收银员看了她一眼，问："有会员卡吗？"

"没有，直接算吧。"

闻月提着一袋子东西走出超市，夜晚微凉的风裹挟着湿热的空气往衣领里钻。她给老向打了个电话，无人接听。

身后的门"叮"的一声，闻月下意识回头，看到许雾拿着三瓶苏打水朝她走来。

"在等我？"

"谁等你了。"闻月抬脚就走。

"等等。"许雾叫住她。

闻月一句"什么事"还没问出口，许雾的手已经伸进她的购物袋里了。

"喂！"

许雾不理会，从里面挑出一瓶苏打水，接着把自己手里的三瓶扔了进去。

袋子瞬间沉了。

搞什么鬼啊？

那次阴错阳差的连线之后，许雾再也没有从《塔的电台》听到过她的声音。他一直记得她说的，四是她的幸运数字。

"四不吉利。"他站在昏暗的树下认真地说。

闻月本来都打算走了，听到这句话又转回来。她才注意到许雾今天穿了一件纯黑的T恤，他们正好一黑一白。

超市里明晃晃的光泻出来，莫名有些刺眼。女孩的笑里带着说不出的感觉，她问："你也觉得四不吉利？"

许雾沉默片刻才给出自己的回答："我更喜欢六。"

闻月忍不住吐槽了一句："你好土。"

许雾浅笑，话锋一转问她："你要去跟她说说话吗？"

顾枝蔚躲在远处，迟迟没有离开，肯定是有话要对闻月说。

闻月摇头道："不了。"

顾枝蔚是第一个说她好的人，她不忍心害小姑娘挨打。

往常这个点老向肯定在家看新闻了，电话就在客厅里，不可能听不到。闻月有点担心，说："我先走了。"

"嗯。"

闻月和许雾同方向，但是许雾没走，闻月半道上回了一次头，看到许雾蹲在顾枝蔚面前，两个人在交谈些什么。

她觉得他们之间搞反了，许雾才应该是白色。

"你找那个姐姐有事？"

顾枝蔚点点头。

"你妈妈不是不让你跟她玩吗？"许雾很直白地说。

顾枝蔚第一次见许雾，眼前的大哥哥对她来说陌生又新奇。

"你是谁啊？"小姑娘问。

"她朋友。"

小姑娘眨了眨眼说："可是闻月姐姐没有朋友。"

"以前没有，现在有了。"

小孩子不会掩藏情绪，许雾也不敢同她说太多，怕吓着她，走之前给她支了个招，末了留下一句："你要是相信我的话，我家就在旧电箱旁边。"

她听妈妈说起过，旧电箱附近新搬来一家人，应该就是这位哥哥了。

许雾不放心，问了句："你一个人来的？"

顾枝蔚摇摇头说："这家超市是我舅舅开的。"

看着小姑娘蹦蹦跳跳地回了超市，许雾喝着苏打水给他妈发了条信息：妈，我晚点回来。

老向住在上乌巷后面那条街道，那条街住户本就少，好几家因为孩子出息了跟着搬走了，还有几家在市中心买了房，这边的旧房子也搁置了，现在就剩老向一家。

闻月到的时候，正好看见漆黑的客厅亮起了灯。她拍了两下铁门，往常老向肯定出来迎接了，今天却没有。

闻月拔了底下的插销，大门整扇被打开了。

她发现，他院子里为了种豇豆搭的棚倒了，细长的竹竿杂乱地倒在地上，花坛里的万年青也不如之前的状态好了。

她越靠近门，心跳越快。

手触到门把手的时候，门被人从里面打开了。

几天没见，他瘦得只剩一把骨头了。

闻月问他："最近怎么没去卖豆浆了，生病了？"

老向咳了两下说："一点老毛病。"

闻月走到茶几边上坐下，放下东西的时候刻意看了眼座机，屏上显示的是时间，而不是她的未接来电。

听筒被重新搁置过，老向知道她打来过电话。

前阵子她见他身体还硬朗，每次来都在倒腾门口这块菜园子。

两人搬了椅子坐在院子里，院墙边上的橘树结的果子，一年比一年酸。

闻月说："你还记得我跟你说过，一个莴苣姑娘的故事吗？"

"记得，"老向窝在躺椅上，手里抱着一个陶瓷杯，目光涣散地说，"那本日记本找回来了吗？"

"没有。"

老向没什么精力，闻月也就没继续说莴苣姑娘和日记本的事。

"今天路过超市给你买了点东西。"

老向不让闻月给他买东西，说："我不是说别买了吗？"

"知道了，知道了，下次不买了。"

"小闻，"只有老向会这样唤她，"以后别来了。"

老人瘫软在躺椅上，有气无力地看着天空说。

闻月拿东西的手一顿，问："为什么？"

他是个快死的人，闻月还年轻，她以后还有很长的路要走，不能活在不堪的流言中。

闻月每次来都是蹲在老向门口的板凳上写作业，老向在院子里捣鼓花花草草，天气好的时候晒晒豆子，偶尔同闻月聊几句。

她写完作业，从老向那里讨一个地瓜，或者摘几个橘子就回去了。

不过是两个孤寂的灵魂互相做伴，而流言是怎么描述闻月和老向的？伤风败俗，狼狈为奸，暗度陈仓。

明明是老向教她超脱些，怎么到头来反而是他先败下阵来。

"开门开门！人口普查了，登记一下资料。"

一直处在游离状态的老向突然坐起来说："辛苦小闻了，翻个墙吧。"

第十五章

预 感

花知总是阴魂不散。

"这老头子耳聋了？"花知叉着腰，恨不得当场把老向家的铁门拆了。

岚琴是上乌巷人口普查的工作人员，她是上乌巷的一股清流，向来不参与这些是非争论，就算花知缠着她扯东扯西，她也不会附和半句，全当耳旁风。

"花知，别敲了，屋里亮着灯人肯定在家，估计没听见，再等会儿吧。"

"岚琴，我跟你说啊……"花知挽着岚琴凑到她耳边说，"我刚刚看到闻家女儿拎着一袋东西往这边走。"

她说着，踮脚趴在人家墙上，没个正形地说："老半天不来开门，说不定现在正找地方藏人呢。"

岚琴把她从墙上拉开说："那些从你嘴里传出去的事，你都亲眼看见了？"

看没看见重要吗？只要她觉得是黑的，那就是黑的。

花知双手抱胸，趾高气扬地说："你说一小姑娘天天往孤寡老头家里跑能干什么，关爱空巢老人？这话说出来笑死人，你信吗？反正我不信。"

"我信。"

外面的每一句话，屋子里都听得清清楚楚。花知的嘴真够贱的，从大马路骂到别人家门口。闻月头一回想上去撕烂她的嘴。

老向让她翻墙出去，她不想。

身正不怕影子斜，她怕啥。

铁门被人从里边拉开，老向裹着一件军大衣，距离上次岚琴见他已有一月之久。他看起来老了很多，头发全白了。

"方便进去说话吗？"岚琴问。

老向的眼睛一秒都没在花知身上停留，对岚琴说："方便，进来吧。"

花知以为岚琴开窍了，忙不迭地跟上去，却被岚琴拦住说："你先回去吧。"

"哎，不是。"

岚琴用公事公办的口吻说："这是我的工作，我自己处理。"

花知哪会听，她硬生生地挤了进来，岚琴拿她没办法。

老向故意走得慢，开门进去，花知看清沙发上的人，眼睛瞪得老大，诧异地喊道："小许？"

许雾点了点头。

岚琴怎么也没想到，竟然会在老向家里看到许雾。

"你怎么……"花知一时间不知道从何问起。

老向家是几十年前的装修风格，客厅的家具有些老旧。

花知不讲礼貌，围着沙发肆无忌惮地绕了一圈。如果不是岚琴拦着，她会把每个房间的门都打开看一遍。

花知纳闷，她明明看见闻月往老向家的方向走了。

许雾注意到花知的目光，转而对岚琴说："我参加了一个关爱空巢老人的活动，市里会给发荣誉证书，考大学的时候有用处。"

他把袋子里的东西拿出来说："我给向爷爷买了些东西，也不知道他能不能用上。"

还真是关爱空巢老人，花知人傻了。倒是岚琴，完全认可许雾的说辞，还说道："如果你这个活动要开证明，可以来找岚姨。"

"谢谢岚姨。"

一阵风过，牙尖嘴利的花知打了个寒战，她又开始阴阳怪气道："大晚上的窗户还开那么大，身子骨经得起吹吗？"

说着她走到窗户边，半个脑袋探出去，后面是一条漆黑的弄堂，地上的几片枯叶不停地翻卷，发出摩擦声。

许雾的视线跟着移到窗户那里，老向看了少年一眼。

"花知！"岚琴皱着眉叫了她一声，她才老实。

插曲过后，岚琴人在沙发上和老向对坐着。岚琴问了他一些与人口普查相关的事情，末了说道："你这个情况，之后可以多申请一项补贴，能申请的时候我通知你。"

"谢谢了！"

岚琴见他寒冬腊月还在破报刊亭旁边卖豆浆，心里过意不去，找过他很多回，想帮帮他，都被拒绝了。

许雾搬到上乌巷有几天了，几乎每天都会听到各种闲言碎语，直到亲眼见到这位老者，才理解人言可畏，老人不像他们描述的那么不堪。许雾打量了一下周围的环境，老人虽然年纪大了，家里却异常整洁，盖在腿上的毛毯没有一点异味。

岚琴看天色已晚，便说："那我就先不打扰了，您多保重。"

"慢走。"

花知一步三回头。

许雾把二位送到门外，花知难得安静，临走之际她看着许雾，夜幕中的许雾不似初见那般温和，冷冷地瞥了她一眼，花知欲言又止。

老向坐到沙发上，许雾回来的时候，他慢条斯理地喝了口浓茶，问："从哪儿翻进来的？"

许雾指了指花知怀疑过的那扇窗户。

这扇窗老向从来不锁，窗子后面是一条没人走的小弄堂，墙缝底下长满了青苔。

"这面墙太高了，小闻爬不上来，"老向指着门的方向说，"她都是从橘树那里翻进来的。"

"她喜欢吃橘子吗？"

"你问问她。"

两人聊了一小会儿，许雾才问出自己的心里话："您最近身体是不是不太舒服？"

"老毛病了。"

老向没说太多，许雾听完后匆匆告别了老人。

他绕着老向的房子一圈找下来，没看见闻月，又跑去她家楼下，她的房间黑着。给她发消息也不回，打电话也没人接。

许雾跑出了一身汗，整个上乌巷就差自己家那片没找了。他快走到旧电箱的时候，眼前一亮，闻月正坐在他家前的墙角里。

二十分钟前，老向出去开门，闻月谋算着怎么撕烂花知这张嘴，窗子忽然被人从外面打开，许雾跳了进来。

闻月着实被他吓了一跳，她没想到他会来蹚这浑水。

她还没缓过神来，人就被许雾带到窗边，他轻声问："从这里跳下去怕不怕？"

苏打水淡淡的味道，弥散在耳郭周围的空气里。

闻月问："你想干吗？"

她没等到许雾的回答，腰上覆上一只手，脚下一空，一颗心提到嗓子眼儿，人被一股大力丢了出去。幸亏她反应快，用手撑了一下，才没摔个狗吃屎。

闻月看到许雾回来，从地上站起来，声音听不出情绪地问："老向和你说什么了？"

"聊了几句，问我和你什么关系。"

骗人。

不想说就算了，闻月懒得再问，提起苏打水走进死人巷，许雾跟在她后面。

"别跟着我了。"

"我送你回去。"

她忽然停下脚步，转身的时候从袋子里拿出苏打水，重重地往他脚边摔去。盖子飞出去三米远，冒着小泡的水泼在了他的裤腿上。

闻月又摔了一瓶，这次瓶盖没飞走，整个瓶子弹起来砸在了他的脚上。

没有一点光的弄堂里，闻月清晰地听到了自己不均匀的呼吸声。

他迈着步伐走来，一点也不生气，拉起她的手问："疼不疼？"

刚才撑地的时候，有几颗碎石嵌到肉里了，一手的血印子。

不提这事还好，他一提，闻月积攒了许久的怒气，在这一刻爆发了出来。

她甩开他的手说："许雾，你谁啊？你以为自己多了不起，花知不是告诉过你离我远点吗？你是耳朵聋了还是脑子坏了，听不懂人话吗？"

上乌巷没有一个人不知道花知那张嘴的威力，白的能说成黑的，黑的能说成白的。今天被她看到许雾在那里，保不齐明天又编出其他什么故事来。

许雾静静地看着她发泄。

闻月捡起地上的瓶子，像在低头对自己说话："把第四瓶苏打水拿走，又给我补三瓶凑个六瓶，用得着这样吗，许雾？"

她的手冰冷得如同从井里捞起来的一样，许雾干燥温暖的掌心抵着她的腕骨，说："以后你要去看老向，就叫上我。"

她在黑黢黢的弄堂里听到了许雾和岚琴的那段对话，也就岚琴这种念过书的会信。

"我要是逃课去看他呢，你也逃？"

"嗯。"

年级第一要逃课跟她去老向家？许雾也疯了。

她踮脚凑到他耳畔说："喜欢我的人都会倒霉的，你小心点。"

他温热的气息喷洒在她耳尖上说："你听谁说我喜欢你了？"

"最好不是。"

闻月不放心，之后又去看望了老向。

那天他没晒豆子，下午两点，早过了他午休的时间，他却仍然躺在木板床上。比往常多盖了床棉被，眼皮半耷着，整个人显得苍白无力。

闻月翻墙进来摘了一个橘子，蹲在老向家的墙角演算昨天那道只有许雾一个人算出来的难题。答案呼之欲出的时候，闻月停笔了，阴沉沉的天刮着冷风。她塞了半个橘子到嘴里，酸得掉眼泪，泪水滚落在等号后面的空白处。

"今天不晒豆子，明天还有豆浆喝吗？"

两人隔着一堵墙，年迈的声音没什么穿透力，闻月将耳朵贴在脏兮兮的墙上。

"傻孩子，今天是阴天。"

老向的房子是整条街最破的，墙皮一层一层往下落。闻月坐在地上，用膝盖蹭干眼泪叫道："老向。"

"嗯。"

他从厚厚的被子里伸出满是老茧的手，屈指敲了敲硬邦邦的墙，像在安抚她。

她把另外半个橘子塞进嘴里，酸得脸皱成一团。

"我真的很糟糕吗？"她问。

"不糟糕，你是爷爷见过的最聪明的小孩。"

每次老向把她当小孩对话，她都想笑。

"那为什么他们都不相信我说的？"

"对他们来说，你说的什么不重要，重要的是他们想听到什么。"

"为什么会这样？"

老向活了几十年，也想知道为什么。

闻月收起演算纸，把橘皮丢到橘树下，回到窗边说了句："你种的橘子实在太酸了，施点肥吧，有机的也行。"

听到她开玩笑，老向放心地笑笑说："最近要评卫生城市。"

"我们这破地儿，谁管？"

"好，那我下次施点肥。"

"嗯，这样明年的橘子肯定甜。"

闻月不敢打扰老向休息，待了一会儿就走了。

距离期末考没多久了，她不用再定闹钟，连续五天摸黑出门。闻池贺以为她压根儿就没回家，还跑去池芦芝面前告状，说她晚上偷溜出去玩。闻月最近很累，懒得收拾那小崽子，给池芦芝骂几句就算了。

有天她照旧五点二十五分醒来，十分钟快速收拾好下楼，推着自行车经过电箱附近的那座老房子时，二楼的灯今天意外没亮。

她沿着微弱的路灯光走在昏暗无人的街道上，在豆浆铺子那儿，也没看到老向。

风越来越刺骨了，她望着街道出神，有点担心老向，怕他熬不过这个冬天。

第十六章

告别

闻月的担心成真了，老向没熬过去。

新年前夕，老向刚过头七，巴掌像夏日毒辣的太阳般狠狠地甩在闻月脸上，留下今年最刺眼的红。

"闻月！你脑子清醒一点！"池芦芝双眼通红死死地拽着闻月的头发，她被池芦芝从沙发上拖到地上，头皮疼得发麻。

"周围那些人说的有多难听，你知不知道？那老头死了，他亲侄子都没掉一滴眼泪，你倒是哭得比死了爹妈还惨，我池芦芝的脸都给你丢光了！"

闻松不在家，池芦芝打她，闻池贺就拿个橘子站在一旁怔怔地看着。

"我迟早有一天要被你气死！"

许雾打电话告诉她的时候是怎么说的？

老向心肌梗死，没救回来。

他们第一次见面，闻月给老向讲了一个莴苣姑娘的故事。老向问她为什么喜欢这个故事，她说因为她喜欢莴苣姑娘的头发。

她告诉老向，她妈一生气就扯她的头发，但是她很喜欢自己的长发，所以一直舍不得剪。

老向听了心疼，往她的豆浆里多加了一勺糖，告诉她："不要害怕，女孩子长发漂亮。"

后来她又问老向："为什么那么多人不喜欢我？"

老向安慰她说："不要在意别人的目光，你很优秀的，小闻。"

她和老向认识一个月的时候，老向送了她一本书，里面夹了一张自制书签，书签上有一行话，是老向送给她的。

他说："小闻，你不是遗孤，是遗珠。要好好生活，会有人爱你的。"

她忽然从地上挣脱起来，也不管池芦芝拽得有多狠，她直视着眼前的女人说："我没日没夜地学习考进池川的时候，你说的第一句话是什么，你还记得吗？如果你忘记了，那我来告诉你。你说，'也不知道你走了什么狗屎运，竟然真的考上了池川'。闻池贺小学考个九十分，你就大鱼大肉地伺候着，凭什么？"

池芦芝还会说："运气这么好？等会儿带你去买彩票。"

"那些你以为只是开玩笑的话，说出来真的很伤人。

"都是你的孩子，为什么我从小就得寄人篱下？闻池贺就像宝贝一样，让你恨不得寸步不离地照顾他，凭什么？"

池芦芝怒斥她："你说什么寄人篱下呢？是爷爷奶奶对你不好了，还是小叔对你不好了？闻月，你做人有没有良心？"

闻月笑着流泪道："那你怎么不把闻池贺送到乡下去？爷爷奶奶正好更喜欢孙子，他们对闻池贺会比对我更好，你送他去啊！你怎么不送他去？'孩子还是要放在自己身边带'，这是你的原话。明明我们都是你的孩子，怎么我就成了试验品呢？闻池贺，闻松的闻，池芦芝的池，庆贺的贺。那我呢？我是什么？"

她指着一旁的男生说："闻池贺，从你把取名这件事骄傲地写进作文里的那刻开始，我就希望你去死！"

又是一记火辣辣的耳光，池芦芝像个疯子般薅着闻月的头发说："你乱说什么！"

闻松正好回来，就看见母女俩双眼通红地站在客厅里对峙，儿子安静地站在一边。

闻池贺遇事的第一反应是找爸妈，而她遇事的第一反应是我该怎么办。缺失的安全感，她需要用一生去弥补。

闻月克制不住自己了，她注视着池芦芝的眼睛说："从考上的那一刻开始，我没有一天放弃过学习，因为我知道，只有这样我才能从这个家脱离出去。床底下堆的全是我写过的卷子和看过的书，那些皱巴巴的草稿纸上，全是我流过的眼泪。我是让人讨厌，但我远没有烂到你说的那种程度。我没那么不要脸，我也不是他们嘴里的害群之马，我只是想用我的方式提醒你们，你们不是只有一个孩子，我也是需要被爱的。"

说最后那句话时，她声音轻得自己都快听不见了。

池芦芝终于平静下来，问她："闻月，你做的每一件事情都对吗？"

"那你们说的每一句话都对吗？你们从来都没有考虑过我的感受，那种被钉在众人眼皮子底下万箭穿心的感觉，你们知道我体验了多少次吗？一次，两次，无数次。为什么明明知道我住在这里一点都不开心，但就是不肯带我搬回去？"

她泄气了："我早就习惯了她们的诋毁，可为什么连你们也不相信我说的？我说了老向不坏，是那个虚伪的男人喝醉了想把我拖回家。是老向救了我，没有老向我一辈子就毁了。"

池芦芝知道自己一碗水端不平，但没想到自己竟给女儿带来了这么大的伤害。这一刻，她有震惊，也有身为母亲的挫败感。

争吵戛然而止，闻月把自己锁在房间里。女人红着眼看着丈夫，谁都没说话。这是闻月从小到大和父母吵得最凶的一次。

那天之后，家里的氛围变了许多，有时候甚至会忘了彼此的存在，连平时贱兮兮的闻池贺也收敛了很多。

闻月每天学校和家之间两点一线活动，连超市都不去了，她不想知道花知带着那群人如何议论她。

期末考完，许雾找了一次闻月。

闻月正坐在餐桌边吃饭，闻松不在家，是闻池贺开的门。冷空气趁机钻进来，和家里冷清的氛围混在一起。

"找我姐？"

"嗯。"

池芦芝懒得管，去厨房里端汤。

对面的闻月像是没听见一样舀了勺排骨汤，慢条斯理地剥了两只虾。

闻池贺不仅见过许雾，还知道他是池川的学霸。他打量了一番眼前的少年才说："我去喊她。"

闻池贺走回餐桌，拿起筷子，"找你的"三个字还没说出口，闻月抢先道："天那么冷，你开什么门？"

闻池贺："……"

池芦芝端着砂锅看了眼玄关处的许雾，一看就是跑来的，头发被吹乱了，也没整理。

"摆什么脸色？有什么，就去跟人说清楚。"

闻月从位置上起来，刚剥的两只虾还在蘸料碗里。

月明星稀，女生靠在电线杆上，许雾站在左侧挡住风，问："你们要搬去檀市了？"

她懒懒的，眼皮子都懒得抬一下，说："嗯。"

闻松在檀市买的房子前年年底交房后开始装修，现在可以入住了。池芦芝本来打算等闻月高考完再搬的，现在看来是不用等了。

池芦芝没给闻月办转学，而是给她请了一学期的假。高考她想考就回来考，不想考拉倒。

不过，这事在学校里除了老师和教务处没人知道，大家都以为她是转学走的。

"志愿你打算报哪里？"

她这才抬了下眼皮，看清了许雾的脸，他们已经好久没像现在这样近距离地交谈了。许雾和别的男生不一样，他不黏人，但特别会抓时机，给你猛地一击，让你怎么都忘不掉这个人。

"没想好，考哪儿算哪儿。"

他从兜里掏出一封信说："顾枝蔚给你的。"

那天在超市门口，许雾给顾枝蔚支了一招，让她把有什么想对闻月姐姐说的话写在纸上，丢到他家院子里，然后拍拍铁栏杆，他就会收到信号。

他像是雨后的青山，在朦朦胧胧的雾里若隐若现，声音沁着安抚人心的凉意说："闻月，你还欠我一句生日快乐呢，走之前补给我吧。"

那天在海边，她给了他一颗开心果，却没和他说生日快乐。

"祝你生日快乐！"

闻月说完就走了。

月亮从厚重的云层后面浮现出来，他看着女孩的背影说："闻月，许雾的生日愿望是祝你万事顺意。"

回到家，闻月拆开信封，里面有七张彩色字条，还有一张纯白的。

彩色的是小朋友写的。

"闻月姐姐，我知道那些大人说的都是假的，我相信你。"

"闻月姐姐，你要开开心心的，你是我见过的最漂亮的女孩子。"

"闻月姐姐，高考加油！"

……

那张白色的是许雾写的："我觉得闻月这个名字挺好的，雾失楼台，月迷津渡。闻月和许雾的存在都有意义。"

眼泪有些不受控制，她想，在上乌巷的这段时光，也不完全是灰暗的，至少还有那些明亮的少年在温暖她。

二〇一八年一月二号，茗市连下了三天雪，寒风横冲直撞，狠狠地拍在单元门上，闻月穿戴整齐，戴着羊绒手套推开结霜的门。

"啪嗒"，一小坨雪落在她的帽子上，头顶那根光秃秃的树枝如释重负，高傲地上下晃着。

她摘下手套比了一下，地上的积雪差不多有两个指节的厚度。路灯的光束下还有雪絮飞舞，在闻月的记忆里，茗市还没有下过这么大的雪。

他们下午就要走了，她想把上乌巷走一遍，看看死人巷墙边的红梅，看看被几个唾沫横飞的婆娘坐过的长椅。

街上空无一人，她路过旧电箱时拢了拢围巾。许雾的房间黑着，她踩着松软的雪往前走。

路过麻将馆时，听到里面有个嬢嬢说花知得病了，具体什么病她没听清。总之，花知也算是遭报应了。

时间比想象的过得快，一眨眼就春天了。闻松的生意做得越来越好，池芦芝开店认识了很多新朋友，不再每天盯着闻月。

闻池贺白天去学校，她就一个人去图书馆看书。池川那边依然是许雾的时代，闻月偶尔会刷空间，看到同学发的动态，发现许雾经常被表白。

高考前一周，池芦芝问闻月要不要回去高考。

"你让我回去吗？"

"腿长你身上还是长我身上？"池芦芝顿了一下又说，"徐老师打电话让你回去考。"

"知道了。"

六月八日高考结束。

闻月躺在一米八的床上，久久未能入睡。

好久没听电台了，《塔的电台》不知道有没有换主播，闻月刚打开就听到了熟悉的声音。

"欢迎这位先生，今天是我们的暗恋专场，请问你有什么暗恋经历分享给大家呢？"

"我记得你们有个主题叫，我喜欢你时风速每秒几米。"

"哦，是的，这是我们半年前的主题了。"

"请问我还可以参与那个主题吗？"

"看来这位先生是我们的忠实听众了，当然可以参与。"

安静了几秒，主播问："请问这位先生，你喜欢她时，风速每秒几米呢？"

"六点六米。"

"为什么是六点六米呢？"

"比起她喜欢上我，我更希望她万事顺意。"

主播小姐姐总觉得这场面似曾相识，便接着说："你还可以参与我们今天的暗恋主题哦。"

"我希望四点四小姐，在没有我打扰的未来的日子里，万事顺意。"

主播小姐姐："我想起来了！"

江大，熄灯后的女生宿舍，三个人一起听谭银讲闻月的故事。

"她第一年是没考上，还是没去考？"

谭银摇了摇头说："她没说，反正她最后来我们学校复读了。"

"不过，我问过她为什么要装学渣。"谭银搂紧怀里的抱枕，继续说，"她说：'每次她因为我考砸了骂我，我就会告诉自己，她不喜欢我，只是因为我学习不好，而不是因为她重男轻女，从心底里觉得我烂。'"

中间的女生忍不住抽泣道："我好想心疼她。"

短发女生问："那她现在怎么样了？"

"在檀大。"

三个人都发出感叹，打心底里佩服这个女生。

热水停了，隔壁宿舍洗澡的女生一边骂，一边尖叫。

短发女生说："如果是我，我肯定会喜欢上那个男生。"

中间的女生说："那个男生肯定也喜欢她，不过为什么最后就这样分开了？呜呜呜。"

谭银替闻月解释道："男生家庭条件不好，学习是他改变命运的唯一方式。男生说过他想读飞行器制造那一类的专业，而她自始至终的目标都是檀大。她怕多靠近一步，男孩子会放弃梦想。"

短发女生后知后觉道："她竟然会选择檀大，她不是想脱离那个家吗？是我的话，我就跑到很远很远的地方去上学。"

谭银摇了摇头，最右边的女生一句话也没说，眼泪"啪嗒啪嗒"往下掉。

那天晚上，许雾祝她万事顺意的时候，闻月转身留了段话，那是闻月和许雾说过的最坚定、最直白的话："你就应该一往无前，成为航天界的领军人物，健康地为祖国工作。不要被这些鸡零狗碎的情感影响，这才是我眼中的许雾，而闻月也有她的梦想。"

她有她的羁绊，她有她的旅途，所以即便她想脱离那个家，最后还是选择了檀大。

他们都是赤忱热烈而又坦荡的少年。

第十七章

仰慕已久

周六是大二的病理解剖学实验课。

实验室给每个同学配了一台电脑，电脑连接着双目显微镜。老师会让学生用显微镜观察病理切片，采集图像后进行形态分析，最后按要求将采集到的图像上传。每次作业的完成情况关乎期末的平时分。

傅渔收到的小道消息称，今天大二的病理解剖课是唐砚清来上。她一大早就在兼职群里翻聊天记录，看有没有学长学姐需要找代课的。

翻着翻着果真有一个，找代课的那个学姐很好说话，本来在群里发的价格是二十，两人私聊后发现傅渔是直系学妹，立马给她涨了二十。还问傅渔有没有认识的人，她舍友也要找代课。

温曼宁去找男朋友了，周末不在宿舍。虞萝社团有活动，唯一的大闲人，就是早上蹦完迪回来补觉的闻月。

傅渔掀开她的床帘，吼了句："起来，看帅哥去！"

"你发什么神经？"闻月翻身转向墙边，用被子蒙着头，闷闷的声音传出来，"能比酒吧里的帅哥还帅？"

"当然！"

傅渔的审美有问题，闻月不相信地说："不去，我下午有事。"

"你有什么事？"

"约了人。"

六月的檀市一丝风也没有，天气略微闷热，高架桥上的花娇艳欲滴。

闻月走进电梯，手机正好响了，对方直奔主题："工作室看得怎么样了？"

"不怎么样。"

她今天下午没课，约了个中介过来看看房子。进去转了一圈不是很合意，中介一看谈不成了，立马溜了去接待别人了。

谭银问："有什么需要我帮忙的吗？"

电梯在五楼停下，门开时闻月下意识抬头，进来了一个全副武装的男人。闻月往后退了退，低头看了眼自己的运动短裤和人字拖，余光扫到旁边人穿着长裤和夹克。

她来不及揣测，眼前突然横过来一只手，夹克的袖子刮到闻月裸露的手臂，心突然跟着慌了下。闻月屏住呼吸尽量降低自己的存在感，看着那人按了个三楼。

男人有一双极好看的手。闻月是个手控，忍不住多看了几眼，骨节分明，毫无血色又恰到好处。

电话那头的谭银半天没等到回复，喊了几声："喂！人呢？"

她回过神，想起谭银刚才的问话，丢了俩字："差钱。"

"还差多少？"谭银上网了解了一下，开网店成本不算高，大头还是工作室的租金。她前几天专门倒腾过自己的小金库，想着闻月要差钱，她能帮三千左右。

开网店是闻月高中毕业那个暑假特别想做的事，上大学以后就没那么想了。只是最近闲得无聊，就到处看了看房子，发现租金贵得吓人。

"几十万吧。"

谭银不敢相信自己的耳朵道："几十万？把我卖了吧，呜呜呜，这我真的帮不了你。"

彼时，三楼恰好到了，男人迈出电梯，在电梯门完全合上前，他停下脚步微微侧头看了闻月一眼，闻月正巧也在看他。

那双眼睛，她再熟悉不过了。

许雾戴着耳机，在和别人通话。

谭银一直"喂喂喂"："你怎么又没声音了？信号不好吗？"

电梯里只剩下她一个人，她说："没有，碰到个老熟人。"

"谁啊？"

"以前的同学。"

"哦。那你怎么办？还开不开？"

"算了，以后再说吧。"

谭银也觉得，她们现在还是大一的学生，创业这件事确实有点不切实际。

"那你等下去干吗？"

"回宿舍躺着吧。"

"谭末最近没找你玩吗？"

"他已经销声匿迹好几天了。"

"他昨天还找我借钱呢，臭小子。"

闻月走到小区门口，公交车正好来了："我回宿舍再给你打。"

"好，拜拜！"

医学院的实验室里，傅渔一个人坐在一群陌生的学长学姐中间，有个男生跟她搭话道："学妹来代课的？"

傅渔点了点头。

男生宽慰她说："别怕，好多人都是找的代课。如果老师点名，你别支支吾吾就成，不过今天是研究生代课，应该不会点名。"

"谢谢学长提醒。"

傅渔心想，我就是奔着那研究生来的。

周六的课，很多人逃。

傅渔遇上了一个好心学长，就索性坐到他旁边，等会儿交作业的时候还可以请教他。

唐砚清匆匆走进实验室，直奔主题道："电脑都打开了吗？我们开始上课。现在我给你们发切片，这学期一共会用到四十张，你们两个人一组。这堂课结束后，切片你们带走，下节课自己带过来，不要忘记了。"

好心学长立马发出邀请："学妹，咱俩一组吗？"

"好。"

"学妹，我姓程。"

"程学长，我姓傅。"

傅渔在心里感叹，以前竟然没发现，他们院还有这么热心的学长，长得虽然不如唐砚清，但也还不错。

唐砚清用自己的电脑演示了一遍今天的内容。

"今天还是看切片，看哪张老师昨天应该已经在班群里告诉你们了吧，你们就按要求做，有什么问题可以举手，上传作业的时候记得把文件名改成学号加名字，开始吧。

"对了，提醒一下大家，切片损坏或者丢失需要照价赔偿，大家做的时候小心点。"

傅渔盯着唐砚清看，心中赞道：好帅啊，呜呜呜！

男人察觉到那道炽热的目光，扫了一眼，傅渔立马把头低下去。

"学妹，显微镜会用吧？先把切片放上去调好。"

"会用，好。"

学长每操作一步，她就照着做一步，过程中频频偷看唐砚清。

"对，就是这样，然后改名字提交就好了。"

傅渔点完发送键，伸了个懒腰，点开 QQ 给学姐发了一句"完成任务"。

唐砚清说做完的可以先走，很多同学快速收拾东西飞也似的跑了。傅渔跟着大家往外走，她怕刻意留太久会被唐砚清发现自己是来代课的，毕竟现在还没成功打入内部，猜不到唐砚清的做事风格。

傅渔慢吞吞地走着，给闻月发信息：我下课了，你回来了吗？要不要给你带饭？

闻月：回来了，要的。六食堂，一荤一素，不要糖醋排骨就行。

傅渔：等着。

"学妹，我先走了。"

傅渔下意识抬头，想跟人道声谢，却愣住了。

热心程学长旁边的那个人是——

专业第一，各种奖学金和大赛奖拿到手软的航空航天学院院草。

他是来接程学长的？

两人不仅有说有笑，男生还贴心地把程描肩上的脏东西拿掉。

傅渔偷偷掏出手机一顿连拍。

4201 宿舍群：

傅渔：# 论学霸们关系有多好 #

傅渔发送了两张照片。

虞萝：这背影能看出什么？

温曼宁：我看不出来。

闻月：先买饭？饿，懂？ @傅渔。

为了晚间八卦能更激情些，傅渔今天死也要拍到这两人的正脸照。她重新举起手机，刚聚焦院草就回头了。

程学长也回头了。

傅渔默默抬高手臂，假装在拍天空。

男生显然看穿了她的小动作，面无表情地朝傅渔走来。他比唐砚清高，应该有一米八五，气场过强了。

傅渔有条保命原则：在不熟知性格和做事风格的人面前，一律装孙子。

她大脑飞速运转，决定先下手为强。

男生刚在她面前停下，她就深深鞠了个躬，说："学长好，我室友仰慕你很久了，每天做梦都在喊你的名字，一换季她就茶不思饭不想，满脑子都是你的样子。她知道你平时很忙，也有很多追求者，所以一直不敢打扰你，每次只能躲在被窝里翻学校表白墙上别人偷拍你的背影照片。"

男生轻挑了下眉，一副洗耳恭听的样子。

傅渔作势抹了把不存在的泪，继续替某挡枪室友诉苦："我太心疼她了，我想有朝一日碰上学长你，一定要拍一张你的正脸照送给她，所以我真的真的不是故意偷拍的。你看这不是夏天快来了，又到了换季的时候，我怕她……我怕她……"

"你室友叫什么名字？"

声音竟然这么好听。

傅渔呆了两秒，午后的阳光落在她亮起的屏幕上，男生的视线跟着移向她的手机。"闻月"两个字，像冬日木柴堆上飞进的火星。

他收回视线。

两个人都在等。

傅渔是在等一个救她的人。

"喂？"

"你还在实验楼门口看人家？"

"嗯？"

许雾淡淡地瞥了傅渔一眼。

傅渔心跳如雷，闻月，我杀了你。

她迅速掐断电话说:"学长,我那个室友叫闻月,听闻的闻,月光的月,拜托学长给她一个机会。"

说完她撒腿就跑,闻月,这可不怪我啊。

身后的程描差点憋不住,笑道:"这学妹挺有意思的,不过她好像喜欢唐砚清。"

许雾对傅渔喜欢谁一点兴趣都没有,他说:"晚上聚餐别提这事。"

"不是挺有趣的吗,为什么不能提?"

"你十万个为什么?"

程描无语凝噎,他明明才问了一个为什么。

女生宿舍里,闻月刚洗完头,打算先把脏衣服扔洗衣机里再回来吹头。傅渔气冲冲地推门进来,把打包盒往她桌上一丢。

"谁又气你了?"闻月简单擦了几下,用干发帽把头发包起来。她打开一次性餐盒,里面是两份糖醋排骨和二两米饭。

闻月有些好笑地问:"我惹你生气了?"

傅渔瞪了她一眼,把刚才事情的删减版说了一遍,删减掉的是她把闻月卖了的那段。

"你知道那男的叫什么名字吗?"她夹了一块最小的排骨放进嘴里,又戳了一小团米饭塞进嘴里,"许雾?"

"对!就是他!我老半天没想起他的名字。"

傅渔把正脸照发到群里供大家一起欣赏。

虞萝:飞设专业的大佬许雾?

温曼宁:他喜欢……不会吧?

闻月讨厌糖醋排骨,但已经不知不觉吃了三块了,问:"他没让你删照片?"

傅渔当然不能说是因为许雾听她讲室友的暗恋故事太入迷,才忘了这茬儿。

"他那么聪明的人肯定知道，就算让我删了我也会有备份，索性放弃抵抗了吧。"

"另一个男的是谁？"闻月问。

傅渔在交作业的时候看了一眼他的作业，记下了名字："程描，我们直系学长，大二的。"

虞萝结束社团活动回来了，她也是个八卦精，平日里就她和傅渔话最多。

"你群里发的什么情况啊？我怎么听社团里那个航院的姐妹说，他有个白月光的。"

傅渔一摊手，说："那个程描长得也不赖啊，虽然比我的唐砚清是稍微逊色了些。"

虞萝买了份砂锅米线，倒了很多醋，一屋子都是酸味。她把凳子拖过来坐在中间，一副要跟傅渔好好唠唠的架势。

"唐砚清是谁，就你一见钟情的那个？"

"对！"

"哎，"虞萝又凑近了些，笑得像个痴汉，"你今天去代课，有没有发现什么优质的单身小青年？"

闻月一份糖醋小排已经吃光了，适时插了句："她是奔着喜欢的人去的，你觉得她还会关注其他人吗？"

"也是，唉，脱单无望，脱单无望啊！"虞萝悲伤地吸溜着米线，咬到一块辣椒，眼泪都出来了，呼哧呼哧地抱怨道，"老天不长眼啊，为什么我们一宿舍的美女，只有一个脱单了？这人竟然还是曼曼。"

外人看这三位一定是情场高手，反而温曼宁是那种不会轻易谈恋爱的人。没想到温曼宁不仅谈了，还谈三年了！

傅渔问出了心中积存了很久的疑惑："闻月，为什么你经常泡吧，却还没有男朋友？"

"我蹦迪是为了消遣，又不是为了找男人。"

闻月去饮水机那里倒了杯温水，喝了一半，嘴里的腻味一点没散。

虞萝好奇闻月这样的人会喜欢什么样的，问："你有喜欢的人吗，或者喜欢过的？"

闻月戳了戳没剩几块糖醋小排的餐盒道："喜不喜欢重要吗？时机到了，再讨厌的东西都能接受。"

虞萝疑惑地问："你在说什么？"

她瞎讲的，不过是糖醋小排的吃后感罢了。

傅渔惊道："你竟然吃了这么多，你不是最讨厌这个菜吗？"

虞萝把她刚才的话重复了一遍："时机到了，再讨厌的东西都能接受。"

熄灯后，三个人躺在床上，虞萝在被窝里看小说，忽然冒出个头来问大家："你们说，许雾到底喜不喜欢那个谁？"

傅渔困了，直截了当道："哪天你去问问他。"

闻月突然说："他喜欢女的。"

"你怎么知道？"

"猜的。"

深夜，宿舍里响起均匀的呼吸声，只有闻月还睁着眼。许雾当年没去青大，她来檀大快一年了，两人虽然一直知道彼此的存在，但都心照不宣地不去打扰对方。

第十八章

重逢

闻月难得在宿舍里安分地蹲了个周末，周一天光乍好，凛湖边有很多小情侣依偎在一起。下午没课，吃完午饭闻月骑车去图书馆还书。两旁的百年老树把灼热的光遮去大半，干燥的风灌进她的袖管。

她刚从图书馆出来，傅渔就给她打电话了。

"啊啊啊啊，我死了，你在哪儿啊？"

"图书馆东门。"

"快来九号楼救我！"

九号楼是航院的教学楼，走到那儿附近最直观的感受就是男生真的很多。闻月开学到现在，还是第一次来这儿。

傅渔躲在柱子后面，见到闻月立马冲出来，把她拉到柱子后面。

闻月见她这样子，直觉不妙地问："你干吗？"

傅渔郑重地说："这次真的只有你能帮我了。"

"我走了。"

"哎哎哎！"傅渔拽住她说，"小事小事。就上午的组胚小测我不是做得很烂吗？我以为小测嘛，瞎写一通没啥的。结果老师说小测成绩的平均分就是期末的平时分。"

"你写得多烂？"闻月问。

傅渔想了想，说："大概得十分？"

闻月："……"

傅渔从口袋里掏出一张 A4 纸，求她道："我想你帮我一起去把那张十分的换出来。"

闻月以为自己听岔了，难以置信地问："我？"

你从哪里看出来我有这熊心豹子胆的？

"我都打听好了，王教授的先生是航院的，每天中午她都会去她先生的办公室改作业。等会儿我们一起进去，你假装去请教问题转移她的注意力，我趁机操作一波，完美！"

傅渔看了下时间说："王教授上午满课，这会儿估计刚吃完饭，肯定还没开始改，走！"

一楼的大厅里有个模型展，桌子上摆着造型各异的模型飞机、火箭，还有一些她看不懂的东西。这个点进进出出的学生很多，来往的男生不经意地会去看闻月。

"不去，你去找虞萝吧。"

"她又去社团了，她说她这学期要靠社团活动加分拿奖学金，求求你了。"

傅渔的磨人本领很强，闻月耐力更强，两人在门口僵持不下。傅渔最后使出撒手锏道："请你蹦迪。"

"今晚。"

她眨眨眼说："今晚我有事……"

闻月丢开她的手，利落转身道："走了。"

"今晚今晚，就今晚！"

"再加带一个星期的饭。"

"啊……"

"走了。"

"带带带！"

办公室在七楼，傅渔却硬拉着闻月爬楼梯，两人累得气喘吁吁。

闻月忍不住爆了句粗口，并说道："我真是信了你的邪。"

"这样老师才会被我们的精神感动。"

王教授果然在这儿，进门前傅渔在窗外观察了一番说："看到了吗？从右往左数第二个位置。"

闻月扫了一圈说："我怎么好像没看到作业。"

傅渔"啊"了一声说："不会吧？可能被老师压在某本书下面了，先进去再说。"

闻月走在前头，轻敲了两下门，王教授抬头笑了笑说："请进。"

"老师，您好！我是临床一班的闻月，您今天上午讲的免疫那块，我有个地方不太明白……"

"我记得你，有什么问题给我看看。"

闻月从包里掏出蓝皮书，翻到上午讲的那一页。

王教授的注意力成功被吸引，傅渔站在后面假装跟着认真听，实则脑袋四处转眼神乱瞟。

作业呢？

肩膀忽然被人轻轻拍了两下，傅渔回头，是一个不认识的中年女教师。

"同学，麻烦你帮我搬一下东西可以吗？"

"啊？好的老师。"傅渔把自己的作业塞到闻月手里说。

王教授拿了张草稿纸，准备给她画个图，结果手上的笔没水了，闻月今天也没带笔。

"小许，你那里有笔吗？"王教授站起来问隔板对面的人。

"师母，铅笔可以吗？"

"可以。"

听到声音，闻月不由得呼吸一滞，下意识抬起头。

许雾把笔递给教授，眼神从她身上掠过，不知道是不是七层的缘故，高空的风带着暖意，将她两侧的头发吹至耳后，微微泛红的耳尖暴露在他眼前。

从她复读依然选择檀大的那刻开始，她就知道，他们会在无数个不经意的瞬间相遇。

那年她跟他道别的时候，以为许雾会去青大。当时觉得他们这辈子应该都不会相见了，所以即便知道许雾的心意，她还是婉拒了。

他变得成熟了，头发比高中时长了一点，五官的轮廓更立体，发梢下的眼神有种深不可测的感觉。

闻月手心冒汗，弄皱了傅渔的作业。教授在讲什么，她一个字也听不进去了。傅渔搬完东西回来，正巧遇上林教授拎着两个打包盒进了办公室。

王教授看到先生，跟闻月说："对面桌上有组胚的书，你可以结合书本看一下。如果还有问题，我再给你讲解。"

"谢谢老师！"

"不客气。"

后面有个老师说了句："林教授今天这么晚下课啊。"

老教授精神矍铄，脸上漾着笑，带着一股老学究的气息道："唉，拖了十分钟，被学生恨死了。"

"哈哈哈——"

林教授走过来，把饭给太太打开，随口问道："你学生？"

闻月是佛系挂，院里的各种比赛和活动她基本都不参加，和各课老师走得也不近。

王教授听办公室的其他老师总提起这个女孩子，说她专业素养很强，好好培养，未来会是个很出色的医生。

今天闻月来问问题，王教授甚是欣喜，忙不迭地跟先生炫耀道："这可是我们院的专业第一。"

"是吗？"

闻月应声道："林教授好！我是临床专业的，今年大一。"

"哟，"林教授下意识看了眼许雾，说，"那跟我们院第一坐一块儿去吧。"

王教授热心地给闻月介绍道："这是大二的学长，叫许雾，飞行器设计与制造专业的。"

平时在家时林教授总会感叹，自己时隔多年又遇到了一棵好苗子。

许雾课余时间跟着林教授学了很多，也帮了很多忙。他的一些大创项目都是林教授指导的，师母对这个学生更是喜爱有加。

闻月微一抬眼，对面那人气定神闲地注视着她，似乎在等着她那声学长。

在王教授殷切的盼望下，她憋出了一句："学长好！"

许雾微不可察地扬起嘴角，点了点头。

老师办公桌的空间并不是很大，坐两个人的话会挨着。闻月想说不用，傅渔硬是把她推过去说："说好了帮我的，作业就在学长那张桌上。"

认识傅渔，真是倒了八辈子血霉。

许雾正坐在电脑前拉模型，她刚在旁边坐下，林教授就对他说："小许，你模型拉得怎么样了？"

他转过头去和林教授说道："还差一点。"

林教授说："等会儿好了，你直接保存到我桌面上就可以走了。"

"好。"

那沓小测作业就在键盘左边，闻月忘了傅渔的学号是五还是十五，她先翻到第五张看了眼不是。

她又快速地翻到第十五张，由于纸张翻动过快，周围的空气流动顿时加快，许雾搭在 Shift 键上的手指动了一下。

傅渔这份小测几乎都是瞎写的，还十分呢？五分都嫌多。

她把傅渔准备好的作业塞进去，旧的那张塞进口袋，许雾正巧回头看见了。

她手一僵："……"

皱巴巴的作业纸有一半露在外面，许雾的目光在上面短暂地停留了三秒，然后装作无事发生继续拉模型。

一旁的闻月清晰地听到他点击鼠标的声音，许雾往后一仰，靠在椅背上，手指轻轻地敲击着桌面。

她瞄了眼电脑屏幕，许雾把建好的模型存在了桌面上。

闻月起身去跟王教授道了谢后出去了，傅渔人没在外面等着，闻月打开手机正想喷她这个白眼狼。

结果发现，温曼宁出事了。

她在宿舍下楼的时候脚下一滑，从楼梯上滚了下去，傅渔现在把人送去医院了。

4201群聊——

傅渔：曼曼下楼的时候脚一滑滚下去了，我现在送她去医院，你等会儿直接回宿舍@闻月。

虞萝：我在路上了。

闻月问：哪个医院?

大家估计都在路上，没人回她，闻月想着给虞萝打个电话问问。

侧面忽然伸出一只手，来人揶揄道："学妹，你东西掉了。"

她一摸口袋，空的。

是傅渔那份连五分都没有的作业。幸好被许雾捡到了，这要是被王教授或者林教授捡到，她和傅渔都完蛋了。

这声"学妹"，闻月听着很别扭，说不上来是什么感觉。

她伸手去接那张纸，还不忘感激地说："谢谢!"

他不松手，问了她一个问题："为什么复读?"

许雾大概是除了老师和小叔，唯一知道她参加了高考，而且考得还不错的人。

两人都使了点劲儿，傅渔那张丢人的作业纸绷着。许雾看起来心情不错，表情柔和了许多。

他笑着说："你这个室友前天偷拍我，现在还伙同你作弊。"

闻月看着他问："你想怎样？"

"我不想怎样。"

许雾趁她不注意，把作业纸抽回来欣赏了一下她这位好室友的杰作，然后接着说："这位傅渔学妹说，她有个室友想我想得夜不能寐，每天都要去学校表白墙看我的照片。怎么说也要同窗五年，所以她好心替这位室友偷拍了我的正脸照，我心一软也就不追究她了。"

听到这儿闻月还算沉得住气，平静地看着许雾。

"她说她的这位室友叫……"他故意停顿一下说，"闻月，听闻的闻，月光的月。我就想问问你，你们宿舍有几个叫闻月的？"

闻月心里顿时"咯噔"一下。

傅渔，你死定了。

他说"闻月"两个字的时候语调上扬，故意靠近她，温热的气息喷在她脸上。

她心里有种异样的感觉，她以前认识的许雾不是这样的。

许雾故意又问了一遍："所以，你们宿舍有几个闻月啊？"

闻月看着他的眼睛回道："一个。"

许雾手里的纸被她夺过去，走廊上只有他们两个，左上角监控探头的小红灯不停地闪。闻月直接无视，凑到他耳边说："傅渔这人满嘴跑火车，你用不着跟着自作多情。我复读是因为我的目标就是檀大医学院，从没变过。"

她终于站到光里了，坦坦荡荡地霸占着专业第一的宝座，和许雾一样是个优秀学生。

第十九章

后院起火

温曼宁做完检查，医生说没什么大碍，人刚出医院男朋友就到了。虞萝晚上部门聚餐，闻月和傅渔回宿舍躺了会儿，顺便化了个妆再出门。

檀大不在大学城里，两个校区全在市区，一东一西。

闻月常去的酒吧学生不多，她们到的时候里面热火朝天的，一个空台也没有。

蓝、红的射灯在男男女女身上流转，忽明忽暗的灯光像捕猎者，轮流撕开每一对的秘密。

傅渔看到一个女人勾着男人的脖子，远看两人只是跳贴身舞，傅渔站的位置凑巧能看到两人具体的情况。当她看到女人把手往男人下面伸时差点尖叫出来，用力拍着闻月的手臂说："那女的好敢。"

这些事闻月见怪不怪，她转头跟傅渔说："拼台吧。"

后面有个男的一直盯着她们，听到闻月这句话，立马凑上去说："妹妹，拼台啊？哥哥今天开的包间，进去坐坐吗？"

男人说话的时候故意露出手上的浪琴表，由于光线不充足，分辨不了真假。不过，看他那鱼尾纹、啤酒肚，没有五十岁也有四十五岁了。

恶心。

闻月把傅渔拉到自己前面，懒得搭理他。

男人靠近一步说："来嘛，人多一起玩才有意思。放心吧，哥哥不用你们掏钱，等会儿想喝什么随便点。"

傻子都看得出这男的什么意思。

闻月每次来酒吧都打扮得很精致，今天更是。

前几天谭银说送给她一份大礼，她今天在从医院回去的路上，正好收到了快递短信，拿到手发现是一件高开衩改良旗袍。

不愧是好姐妹，这件旗袍正合适。

闻月蹦迪这个爱好源于高四暑假，檀大新生十一才开学，她足足有四个月的假期。

整个暑假，她几乎都和谭银泡在一起。谭银有个跟班表弟叫谭末，比她俩小一岁，特别爱玩。

谭末每次蹦迪都会叫上闻月，谭银偶尔也会跟着一起去。她见识过自家兔崽子和姐妹炸场的样子，酷毙了。所以上次听人说有家裁缝店能定制旗袍了，谭银立马给闻月下单了，还不忘提醒她要是穿去酒吧了记得拍照。

本来一袭旗袍出现在酒吧就已经够吸引眼球了，偏偏闻月有窈窕的身姿，白瓷般的肌肤。"年轻貌美"的大学生，光站在那儿就足够抢眼。

她今天眉毛画得细，眼线微微上挑，不屑地瞧了眼男人。

几十只眼睛注意着她的一举一动，大家都在等，等着看谁第一个出手，等着看第一个出手的是吃瘪，还是一举拿下。

厚重刺耳的音乐声被耳朵自动屏蔽，傅渔从闻月后面探了个脑袋出来，笑嘻嘻地说："对不起哦叔叔，我们不约。"

傅渔一声"叔叔"让男人强颜欢笑，他极有耐心地看着闻月说："没关系，你不想不代表你朋友不想，是吧？"

说着，他打破安全距离，不老实的手悄悄地摸到旗袍的侧缝，闻月一脚用力地踹在他小腿上，男人毫无防备，人往后踉跄了两步，显然没料到这女的会这么猛。

闻月两步走到他面前，浅笑一声说："想和我玩儿啊？你醒醒。"

"哟，"男人脸色骤变，油腻的模样暴露出来，"都穿成这样了，还装什么？"

"砰"的一声响。

高脚杯在男人的尖头皮鞋旁裂开，周围人自觉躲开，男人被迫向后退，最后被一股力量禁锢在墙上。

许雾卡着他的脖子问："你知道她是谁吗？"

男人使劲挣脱，可惜没成功，仍嘴硬道："我管她是谁，像她这种不是公交车就是——"

许雾手肘往下用力一抵，让他发不出声来，那张肥头大耳的脸顿时涨得通红。

他眼神往下一瞥，而后慢悠悠地说："你信不信，她一把手术刀送你去见阎王？"

"先生，先生，有话好好说。"服务生赶紧出来把两人拉开，生怕出人命。

许雾转头跟身后双手抱胸、气定神闲得仿佛不是当事人的闻月对视，冷峻的侧脸映在琉璃墙上，声音听起来很虚幻，他说："跟我走吗？"

傅渔一脸疑惑。

她错过了什么？

酒吧老板和闻月是熟识，闻月给他女儿补过课，听到消息当即赶来问："谁闹事？"

男人没吭声，他现在这副孬样，跟刚才那嚣张的样子完全是两个极端。

"你没事吧？"老板上下端详了一番，确保她没出事才说，"下次来之前，记得给我发信息啊。"

闻月带着傅渔走了，剩下的事交给老板处理。

许雾和程描跟出来，这才十二点，街头亮堂热闹。两位女生走在前面，傅渔嚷着要闻月交代："说！你和许雾有什么奸情？"

程描有幸听过他俩的故事，憋着笑，忍不住调侃他："看来你也不怎么样啊？人都没跟身边人提过你。"

"嗯。"

"嗯？"

"提不提有什么关系？反正她叫我学长了。"

这一波稳赚不亏。

"许雾，你变态啊？"

闻月和傅渔同时回头。

得了，这下说不清楚了。

傅渔冲在八卦第一线，今天不说清楚，谁都别想回去睡觉。

于是四个人坐在露天的烧烤摊，老板就只有一辆烧烤的车子，后面摆了七张方桌全坐满了。

傅渔给每个人的一次性杯子里倒上啤酒，郑重其事地说："既然都坐在这儿一起撸串儿了，那就平起平坐，二位没意见吧？"

程描道："我没意见。"

傅渔看向许雾。

许雾道："没意见。"

怎么听着有点勉强的意思？

傅渔知道，此刻从闻月嘴里套话比登天还难，而许雾清醒的时候她又不敢问，只能去找程描帮忙。

程描接收到她想把两人灌倒的信号，端起杯子先找许雾干了一杯。

傅渔说："我们玩游戏吧，输的真心话大冒险，不愿意就喝酒。"

程描正想附和她，手机振动了两下，是群消息。

他点开，查文河在宿舍群聊里发了张截图。

查文河：@许雾，哥，你后院起火了？

当事人手机静音尚不知情，程描看完后把手机递给他。

对面的傅渔和闻月也收到了消息。

虞萝：@全员，外国语学院那个祝千吟是有毛病吗？说我们月月子是小三。

祝千吟在学校表白墙实名投稿：扒一扒医学院临床一班闻月的小三上位史。

洋洋洒洒五百字，激起了女生对闻月的愤慨，里面写到许雾原本和青梅竹马沈琦是一对，结果闻月主动勾引许雾。

配图是两人在林教授办公室走廊上的"接吻照"。

祝千吟用心了，居然去调监控。

傅渔很生气，想替闻月打抱不平，结果看到那张图的时候愣了一下，问："什么情况？"

这事程描不好替两人回答。

邻桌几个男生喝多了，用筷子敲着酒瓶一会儿大吼大叫，一会儿笑得像个疯子，闻月头有点痛。

身后有辆机车疾驰而过，许雾定定地望着她，没有任何要解释的意思，从容的模样把闻月看恼了。

那就让他后院失火好了。

她回傅渔："就是你看到的情况。"

傅渔瞪大双眼："嗯？"

傅渔还坐着，闻月拎包站起来说："愣着干吗？回去了。"

"哦。"

许雾依然一言不发，看着两人离去，程描问他："你不去送送顺带解释一下吗？"

"点的烧烤不能浪费。"

这时候，还管什么烧烤不烧烤的？

一路上，傅渔的嘴就没停过："不是，你俩到底啥情况啊？"

她言简意赅道："祝千吟要害我。"

"你认识这女的？"

闻月在学校里除了室友，和其他人几乎没有交集。

"嗯，高中同学。"

傅渔回忆了一下表白墙上那段话说："不对啊，外国语学院那女的大二啊，你们怎么会是高中同学？"

"我复读了。"

两人准备从垃圾场翻墙进去，手刚够着墙头，傅渔突然反应过来问："所以，你和许雾也是高中同学？"

"是。"

"闻月，你可太不够意思了，什么事都不跟我们说。"

"你们又没问。"

傅渔自言自语道："怪不得我说他喜欢男的时，你说他喜欢女的，敢情你们早有奸情。"

又没在一起，哪来的奸情？

"早知道这样，我偷拍他被抓包的那天尿个屁噢。不过，你是不是喜欢他啊？"

"傅渔，"闻月冷不丁叫了她一声，说，"你是不是跟许雾说过，你有个室友想他想得睡不着觉？"

傅渔："……"

傅渔翻墙头一回这么顺利，落地后撒丫子就往公寓楼跑。

第二十章

布朗熊

属实没想到，大半夜放出这种消息还能炸。

第二天上公共课，大教室坐了一百多号人，大家看闻月的眼神都怪怪的。

傅渔一本书拍在护理某女生的桌上说："都敢说了，还不敢说大声点？"

那女生的眼睛快翻到天上去了。

闻月把傅渔拉走说："随她们说。"

这种谣言在闻月面前轻如鸿毛，压根儿造成不了什么影响，她也不想去理会祝千吟。

谣言止于智者，她目前还是相信这句话的。

教近代史的老师是位老学究，讲课方式有点无聊，不过内容很硬核。傅渔第一节课点完到就跑了，闻月从头听到尾学到了不少东西。

下课后闻月刚走出教室，就被一股力量拽到了一边："海王星，好久不见！"

听到这个称呼，闻月一把薅住那人的头发，把他摁到走廊拐角处说："谭末，你找死？"

"姐，姐，错了错了。"

她和谭末好久没一起玩了，闻月问他来干吗。

"找你玩啊。"

"不去。"闻月最近特别享受一个人安静又快活的时刻。

谭末是特意来找她的，蛊惑她道："我最近发现了一个新地方，玩三个小时就回去。"

"不去啊。"

"两个小时。"

"不去。"

"一个小时。"

"不——去——"

"行行行，那换个地方光吃饭总行了吧？"

闻月停下，把他的手像丢垃圾一样从自己的书包上扒拉下去说："没兴趣。"

谭末不敢相信这是她，蹲到她面前，弯腰探寻她的异样："海王星，你变了。"

闻月仰头望天，叹了口气说："海王，也会累的。"

"你不会失恋了吧？不对，你没有恋过。"

"你赶紧回去吧，我还有事。"

傅渔前些天找了份兼职，在化妆品店当人形玩偶，她有急事拜托闻月帮她顶半个小时。

"真不去？"

"嗯。"

"行吧，那等谭银暑假回来我们再一起去。"

"可以。"

谭末只能约别人去了，走之前他把包里的板栗饼拿出来说："差点忘了，给你买的，还热乎着呢。"

闻月笑道："哟，弟弟这么贴心啊。"

"那是自然。"谭末给她比了个土得掉渣的爱心说。

闻月咬着板栗饼往校门口走。

这天夕阳无限好，金光落了满地，偏巧最后一个踩着余晖从行政楼里出来的人是许雾。

许雾不知道沈琦会来，看到她的时候有些意外地问："你怎么来了？"

沈琦摸了摸后颈，声音温温柔柔地说："恰好来这边买东西，想着可能会碰上你就等了等。"

超市明明在体育馆那边，跟这边是两个方向。

她见许雾没说话，知道自己的小心思被看穿了，只好转移话题道："我妈让你晚上去我家吃饭，她上次回茗市，舒阿姨给拿了好多东西，托我妈做给你吃。"

闻月坐在花坛边吃着板栗饼，许雾看到她的时候，她也正望向这边。

沈琦扯了扯嘴角："是闻月，要去打个招呼吗？"

"不用了。"许雾回她话的时候，眼睛看的是远处的女生。

周遭静了一瞬，沈琦低头沉默了一会儿说："我们走吧。"

最近的地铁站在商场里面，许雾和沈琦下去的时候，正巧遇上某个店铺搞活动，两个人形玩偶在熙攘的人群中穿梭。

沈琦拍了拍许雾，轻声问他："前面在干吗啊？我们过去看看吧。"

一家化妆品店正在搞周年庆，门口的布朗熊和可妮兔在邀请行人进店看看。沈琦和许雾一走近，就被两个巨型玩偶盯上了。

可妮兔抱了抱沈琦，把沈琦请到了店里。旁边站了个热情的小姐姐，不停地给沈琦介绍她们的活动。沈琦不好意思拒绝，于是跟许雾眼神示意了一番，许雾站在店外等她。

许雾穿着白衬衫本就惹眼，加上出众的外貌，连路过的男生都忍不住看他两眼。

他习惯了这种场面，镇定自若地掏出手机。

不料下一秒，"砰——"

一个空的矿泉水瓶砸在他的肩上，五步之外的布朗熊惊吓到捂嘴，随后拖着沉重的步伐，滑稽地跑到离他两步远的地方。

许雾抬头，一人一熊对视，玩偶里的人愣了足足有十秒之久。

他皱着眉，俯身捡起那个空瓶子，在布朗熊的注视下随手往右边一丢，"哐当"落在旁边饮料瓶的收集箱里。

许雾没兴趣看一只熊发呆，准备进去看看沈琦怎么样了，忽然瞥见布朗熊朝他勾了勾手指。

有种很奇怪的感觉。

布朗熊突然向许雾跑来，他后背是墙来不及闪开，熊的双手撑在了许雾的两侧。

商场很是热闹，旁边还有小朋友的起哄声，中央空调下的一小截红丝带呼呼地飘。

许雾想推开那只熊，耳边传来一声清脆的"抱歉"。

布朗熊里的少女轻笑了一声说："我不是故意的。"

少女的声音像是夏日午后的冰块，掉入装着白桃味气泡水的玻璃杯里，滋滋冒泡。

布朗熊在等待许雾的回复，许雾和她离得近，不可避免地听到了少女克制的喘息声。许雾静默一瞬道："扔得没小时候准了。"

彼时沈琦从里面出来，手里拎着一个新的包装袋。

布朗熊瞬间退开。

许雾看见她手里拎的袋子，问："买东西了？"

沈琦挠了挠头说："嗯，没忍住。"

其实是因为沈琦不擅长拒绝别人，她看小姐姐说得口干舌燥的，不买点什么实在过意不去，最后挑了一支唇釉和一盒化妆棉。

许雾问她："还有别的需要买吗？"

沈琦想说没有，但又想和他多待一会儿，环顾四周后还是说道："没了。"

店铺的小仓库里，可妮兔摘下头套，拿起纸板箱上的保温杯喝了口水，气定神闲地靠在墙上，一边回短信，一边欣赏旁边的布朗熊手忙脚乱的样子。

"你应该还是大学生吧，这么小就出来兼职啊？"

布朗熊好不容易摘下头套，脸上汗涔涔的，黏腻的发丝贴在脸上。少女的长睫毛扑闪几下说："挣点零花钱嘛。"

可妮兔瞥见她随手扔在地上的包，戏谑道："这几个小时的兼职费用，还不够你买根包链子吧。"

她笑了两声，脱了玩偶的衣服。饶是商场开了空调，她还是快热昏过去。闻月摸了摸自己的黑色短袖，湿得能拧出水了。

她看了眼旁边的人，问："你在这儿工作很久了吗？"

"马上满一年了。"

"每天都要扮这个？"

"周一周二不用。"

"很辛苦吧？"

她笑笑，没有人不辛苦，你不想干的别人会干，别人不想干的，你又干不了。

结束工作后，闻月在商场里吃了一个汉堡和一对辣翅，又去便利店买了一瓶汽水，"咕噜咕噜"一口气全喝光了，发出舒爽的喟叹。

一看手机，谭银打了五个微信电话。

谭银：接电话！

谭银：有急事！

闻月回过去，谭银很激动，声音高了几个调问："你猜我见到谁了？"

闻月收拾东西准备出去打车，敷衍地回她："看见谁了？"

"许雾。"

哦。

闻月一愣："嗯？你回檀市了？"

谭银"嗯"了声，说："我昨天猛然发现身份证快到期了，趁着没课就回来了，刚到家吃完饭。对了对了，你猜我在哪里看见的他？"

这个点堵车堵得厉害，她放弃打车，去对面坐公交，随口说了句："不会在你家小区吧？"

"真的！而且就在我家楼下！我看他和一个女孩子进了对面的单元楼。"

绿灯很短，只有十五秒，闻月快步走过去，谭银见她沉默，还以为自己说错话了。

"也有可能是亲戚嘛。"

这个点大家都急着回家，不耐烦的车主不停地摁喇叭，斑马线上的行人开始小跑，车水马龙撕开了很多人隐藏的焦虑，闻月稍不注意就会被路过的人蹭到。

她今天在商场见到许雾和沈琦的时候的确有一丝惊讶，不过听到两人一起回家，闻月却没什么反应，如常回谭银："想什么呢？我刚才在过马路。"

"哦——"谭银鼓足勇气问了一个深藏心底多年的问题，"你还喜欢许雾吗？"

这期间的沉默，是真的沉默。

闻月明着逃避道："我手机没电了，回去再给你打啊。"

谭银很知趣，连连点头道："嗯嗯，你路上注意安全。"

478路还有两站，闻月漫无目的地靠在广告牌上，双层巴士载着游客走夜间环线。闻月好奇地瞻望，顶上有个吃棉花糖被风糊了一脸的小姑娘，一旁的妈妈笑着给她拍照。

小程序的实时公交信息有误，双层巴士开过去，478路就来了。

闻月以为坐的人会很多，上车前就把二维码打开了，结果上车的就她一个。

478的终点站是檀大西门，车上大部分都是檀大的学生。闻月喜欢坐后排，司机只开了中间的灯，后排座位陷在破碎的光中。闻月往后走，正当她考虑坐最后一排的窗边还是倒数第二排的窗边时，看到了一张熟悉的面孔。

最后一排的许雾好似早就注意到她了，目光赤裸裸地挂在她身上，并向她发出邀请，拍了拍前面的座位。

闻月没有丝毫犹豫地坐下来，包轻轻搁在腿上。

后面的人把窗子开到最大，江风把她披散的长发吹乱，闻月从口袋里摸出小皮筋随意扎了两圈。

许雾趴在她椅背上，发顶不可避免地蹭到了她的后背，闻月被迫坐直。

混着风的声音听起来有些特别，他说："沈琦爸爸和我爸爸是老同事，两家人认识很多年了，我今天去她家……"

闻月打断他说："这些事情你不用和我说。"

她和许雾完整相处的时间并不久，如果非要细究，闻月才是他和沈琦之间的芥蒂。

两年了，人都在变。她原本以为两人不会再见了，结果他考去了檀大。她以为学校那么大，两个学院又隔得老远，四年见不到也很正常，偏偏傅渔这个不知情人士帮忙牵了条线，很难说清楚究竟几分天意，几分人为。

许雾用傅渔说的话拿她开涮，在酒吧帮她脱身，凭这些闻月就可以断定，他还没放下自己，或者说，她压根儿不相信许雾和沈琦有一腿。

所以不用解释，也的确没有解释的必要。

许雾把自己的耳机分了一只给她，耳机里的音乐从林俊杰的《修炼爱情》放到艾薇儿的 *Innocence*，再放到风雨声交杂的纯音，回学校的路上，他们彼此再无交谈。

檀市的夜景闻月看过无数次，大部分都是凌晨烂醉如泥的酒吧，今天这样的还是头一回。

她被许雾身上那股清冽的气息包围着，莫名地感到安心。

脑海中突然蹦出谭银问的那句话——你还喜欢许雾吗？

仔细回想，她好像一直沉浸在许雾喜欢她的感情里，却从来没有剖析过自己的内心。

第二十一章

我 会 等 你

"下一站檀大西门，请要下车的乘客提前做好下车的准备——"

公交车在马路上平稳地穿行，拉环偶尔晃两下。

西门很冷清，学生一般在檀大南门下车，从南门或者东二门回宿舍，只有他们俩一直坐到了僻静的西门。

闻月睡着了，黑羽般疏密有致的睫毛落了一小块阴影在眼睛下方。

公交车停在十字路口，横行车道上左拐的私家车的远光灯猝不及防地照向后排的少女，许雾手疾眼快地替她挡住了那束光。

她的脸很小，许雾一只手就盖住了。温热的呼吸喷洒在他的掌心，他扬了扬唇角，真不知道她每天都吃些什么，这么瘦。

檀大西门很快就到了，司机踩下刹车，闻月迷迷糊糊地睁开眼。她很久没有睡过安稳觉了，每次一闭眼就做各种梦。

闻月没有在车上睡觉的习惯，她动了一下脑袋，还没完全清醒过来，前排一个人也没有。她心一沉，下意识往后一看，许雾还在。

那人笑着问："舒服吗？"

她睡着后，许雾把两边的窗子都关上了，头顶的空调风口也被他合上了。闻月脸颊发烫，被他一说连带着耳朵也红了。

司机师傅摁了两下喇叭，朝后头喊道："帅哥美女，终点站到了啊，别光顾着谈恋爱忘了下车啊。"

许雾站起来轻轻拍了下她的脑袋说："到学校了。"

声音温柔得不像话，惹得闻月的心不受控制地怦怦直跳。

她反手一下重重地拍在他手背上说："你先走。"

许雾下车等她。

师傅见她没动静，又喊道："同学，你不下车啊？"

"不下。"

前后车门关上，许雾镇定地看着闻月坐车走了，站在原地无奈地笑。

这趟公交绕一圈大概是一个小时，末班车会停到檀大对面的公交总站。闻月就算不下车，顶多是再花一个小时，跟着这位师傅再坐一圈。

车子开出去几百米，师傅八卦道："刚才那个不是你男朋友啊？"

"不是。"

"那他还让我开慢点。"后视镜里，师傅摇摇头，小青年的爱情看不懂咯。

许雾是个很细心的人，就像海绵吸水，他的温柔入侵她的每一个毛孔。

闻月照着之前的角度微微侧头，忽然还想再睡一觉。

路上闻月一直在思考谭银的那个问题。

她对许雾某些跨越安全距离的行为并不排斥，但毕竟没收到告白，她也没去幻想过，和他在一起会是什么样子。甚至在听到他和沈琦有某种关系的时候，她一点也没有吃醋。

公交车驶过商场，闻月再次回到她上车的公交站台。这个点上车的人多了些，有个男生直奔最后一排。

男生刚打完球，上身一件运动背心，短袖挂在肩头。车子启动前他"咕噜咕噜"灌了半瓶可乐，顶着汗涔涔的头挤进了最后一排。

手扶前面椅背的时候不小心压到了闻月的头发，男生憨笑着说了声"抱歉"。

"没事。"

闻月起身走到车门那儿，就这样站了三十分钟。

零零散散的几个人下车后，司机师傅见她又没下去，说："姑娘，这么晚了赶紧回学校吧。"

闻月下车，一抬眼就看到了许雾。

他在这儿等了一个多小时，没半点不耐烦，反而笑着打趣她道："不再坐一圈？"

"怕再坐一圈，你就走了。"

话说完，她才意识到自己说了什么。

晚了。

夏夜小虫发出细若蚊蚋的叫声，月光肆意挥洒，许雾就站在她眼前，说着令人心动的话："不管你坐几圈，我都在这儿。"

在这儿等你。

许雾的脸在眼前放大，闻月忽然有股想亲他的冲动，门卫大爷关推拉门的声音敲醒了闻月。

她连喜不喜欢许雾都回答不上来，竟然就想亲人家。

闻月，你太轻浮了！

许雾把闻月送回宿舍，路上经过天鹅湖的时候把她拉到了另一侧。

闻月了然，说了句："掉不下去。"

许雾垂眼，看她半低着头走路，说道："万一脚滑了，我还得救你。"

闻月往外退了一步和他拉开距离，一本正经地说："不用，你帮我喊下救命就行。"

她慵懒地靠在树干上，拿了块面包，一小片一小片撕下来丢到湖里。

这片路灯多，光线足够亮，能清楚地看见天鹅抢食。

闻月是个很会把握尺度的女生，不贪恋，又会隐忍。

"你以前不是问我，人口普查那天，老向跟我说什么了吗。"

闻月撕了一大块面包丢下去，在万籁俱寂的夜里发出轻轻的坠落声，她语气有些愤愤不平地说："你不是不肯告诉我吗？"

许雾说："他除了跟我说他生病的事情，还教了我怎么磨豆浆，豆子和水的比例多少合适，还教我做杯垫。他说你是个骑车狂，袋子底下放个杯垫不容易漏。老向走的那天晚上，我折了一百个，可惜一个也没用上。"

自制杯垫寄托着老向对闻月的关爱，闻月每次想起那段时光，就会眼眶湿润。

要是老向能回来，她被花知那群婆娘指着鼻尖骂都没关系。

"他还让我看着你，千万不能让你放弃自己，他说他相信小闻一定会成为很出色的大人。"

许雾拭去她眼角的一滴泪说："小闻同学，第二年在檀大见到你时，我很开心。"

他像风无孔不入，却又柔和得不像话，闻月知道自己完了。

喜欢她的人有很多，她曾高傲地以为，没有人可以是她的对手，包括许雾。

结果她错了，许雾就是有本事一步一步地撬开她的防线，游过夜晚沉闷的海水，把她从灯塔里解救出来。

许雾的拥抱来得及时，她扎进他的怀里，贪婪地呼吸着他独有的气息。

"许雾，我想看莴苣姑娘。"

天鹅好似能听懂人话，三五只全游到岸边来当听众。

许雾掏出来给她。

一阵风，几张纸发出脆响，听起来一捏就会碎，也不知道许雾是怎么保存了这么多年的。

纸原来的底色是淡粉，不过现在已经黄得完全看不出来了。一共三张，每张右上角都用铅笔画了一个女孩，下面歪歪扭扭地写着"莴苣姑娘"。

　　小女生画技拙劣，每个莴苣姑娘都丑得各不相同，这是闻月上小学三年级时的杰作。

第二十二章

同桌的你

闻月从幼儿园开始便跟着爷爷奶奶一起生活。上小学三年级的时候因为峪县的老房子翻修，爷爷、奶奶、小叔还有她暂时搬回了潼镇。小家伙早上起不来，小叔让她到潼镇小学借读了一段时间。

开学报到那天，她噘着小嘴被奶奶哄到学校。奶奶怕她饿，还在书包里给她放了两个蛋糕卷，交完学杂费奶奶就走了，老师让她在空桌子那里坐下。

闻月打小就是人精，打量着陆陆续续来交钱的新同学，判断哪些好相处，哪些不好惹。

潼镇留守儿童很多，闻月一抬眼就看到了一位步履蹒跚、骨瘦嶙峋的老人，看得出来老人家的外套补过很多次。

别人交钱都是整百的，只有他交的是零钱，塑料袋里装了一沓散钞，有五块的、五十块的，所有同学看着老师数了三遍，确认无误后老人才走。

闻月忽然觉得这种交钱的方式很不好，会伤害学生的自尊心。她不知道这是谁的爷爷，但她很同情这位同学。

那年夏天很热，乡镇小学都没有装空调，闻月的马尾辫贴在后脖颈上。她从新发的美术材料袋里抽出一张卡纸折成一把小扇，刚扇了两下，身后覆下一片阴影。

"让一下。"男生没好气地说。

早上就有好心的同学提醒过她，惹谁都不能惹许雾。他脾气差，成绩也差，除了数学老师，没老师愿意管他。

她走到过道里，待许雾走进去后又默默地坐回去。

等所有同学到齐后，老师开始发书。

他们是倒数第二排，发数学书的时候，前排女生传到闻月手里的四本书有一本是翘角的，那本压在最下面。闻月没看到，顺手拿了上面两本，剩下两本往后传。

她推了一本过去，翻开自己那本准备写名字，突然被人挤了一下，手一抖画了长长一条线。后排挤上来的女生，把许雾那本拿走了，把那本翘角的扔给他。

许雾没什么反应，似乎习以为常了。闻月皱起小脸想，这人怎么这样。

但毕竟书先到的她手里，她想了想，用橡皮把自己那本书上的长线擦干净，然后递给他，而后从书包里掏出《新华字典》，压在翘起来的书角上。

许雾这才正视这位插班生，女生下巴搭在字典上，纸折的小扇子的风力比预想中的大。她用右手扇的，许雾得以吹到了风。

"喂。"

闻月被热蒙了，愣了两下才应道："你叫我啊？"

许雾把数学书换回来。

闻月擦了擦汗说："皱的可以给我，我不介意。"

男生只顾着写名字，并不理会她，闻月瘪了瘪嘴不吭声了。

报到只需要待半天，闻月一个同学的脸都没记住，就被奶奶接回家了。

闻月是插班生，小朋友们都有自己的玩伴了，她很难融入进去。她倒是也不在意，总能找到自己的事情做。

她上课不专心，经常在本子上乱涂乱画，老师们颇默契地睁一只眼闭一只眼，反正她之后就回城里的学校去了。

每次老师让同桌间讨论，其他组说得热火朝天的时候，只有她那一组一言不发。

她和许雾之间有条三八线，不过不是闻月画的，是彼此心里默认的，谁也不会超过那条线。

三八线突破，是在期中考试成绩出来那天。

许雾被数学老师叫到讲台上，一向和蔼可亲的数学老师一副恨铁不成钢的模样说："你考五十分对得起谁？你爷爷辛辛苦苦种菜供你读书，你不蒸馒头也要争口气啊！"

原来那位爷爷是她同桌的家长。

潼镇小学没有食堂，每天中午都是学生自己带饭。奶奶会给闻月准备不容易闷坏的菜，再加一瓶牛奶。

闻月发现她的同桌连吃了三天的小米辣配饭。她吃不了辣，更无法想象许雾一口一个地吃辣椒。

两个月下来，她混得最熟的就是右手边的女生，叫小湾。

午餐时间，许雾打开饭盒，从书包里掏出一包真空包装的小米辣撕开倒进饭盒里。

他又吃这些。

"闻月，去洗手吗？"小湾喊她。

"好，等我一下。"她把自己的饭盒拿出来，掏出牛奶越过三八线放到许雾的手边，然后跟着小湾跑出去了。

牛奶盒的尖角刮到男生的手背，泛起一道白色的印记。

他夹起一个小米辣放进嘴里，嚼了几下，一点滋味都没有。

闻月洗完手回来，牛奶端正地立在饭盒上。

她擦干手把饭盒打开，再次悄无声息地把牛奶放到他手边。

这下许雾直接撂下筷子，语气很不好地问她："你干吗？"

他的眼神冷得吓人，闻月一抖，咽了咽口水开始编："我喝不下了，不喝完我奶奶会骂我。"

接着她从书包里掏出水杯，里面的水一口没喝："我奶奶要我把水也喝完。"

听起来挺像那么回事的。

许雾没动静，像座雕塑。闻月打开饭盒才发现，奶奶今天给她准备了烤肠，而且有两根。她想也没想，就夹了一根到许雾的饭盒里。

色泽诱人的烤肠，落在一堆小米辣中间很显眼。

半晌，闻月才意识到不对劲，周围的同学在看他们，身边有人开始窃窃私语。

"用得着你可怜我吗？"男生极其平静地说出了这句话。

闻月忽然意识到，自己的行为和数学老师在本质上并没有什么区别，就像当众扒人衣服一样。

她好心办了坏事，想道歉，可话到嘴边怎么也说不出来。她和班里很多同学一句话都没说过，她不知道同学们会怎么看她，更不知道他们私下里会怎么议论许雾。

她只好硬着头皮顺着刚才的话说下去："我奶奶说如果吃不完可以分给同学，不能浪费粮食。我之前下课吃了面包，吃不下这么多东西了。"

"你怎么这么烦人？"

闻月愣了下。

许雾把"讨厌"两个字写在了脸上，说着一并把牛奶和饭盒里的烤肠一起丢进了垃圾桶。

小湾看到闻月眼眶红了，赶紧安慰她说："别难过了，他对所有同学的态度都很差的，所以我们都不跟他玩，你以后别跟他说话就好了。"

放学前，闻月趁许雾不在往他书包里塞了张字条。许雾回家才看到。

日记本大小的纸，上面只写了一句话：

今天中午我不是故意让你难堪的。如果伤害到你了，我跟你说声对不起！

你的同桌闻月

纸的右上角画了一个丑八怪，下面用铅笔歪歪扭扭地写了四个字：莴苣姑娘。

闻月在作业本以外的所有本子上都画了这个，类似于闻月的专属印记。

许雾把闻月的道歉信扔进了抽屉里。

之后几天，两人没再说过话，许雾的表情一如既往地冷漠，闻月以为他没看到道歉信还在生气。

周五上午最后一节是体育课，大家都在操场上活动。闻月假装肚子疼回到教室休息。她今天带了两份饭，她把其中一份塞到许雾的书包里，然后把他那份简陋的饭菜藏到自己的抽屉里，打算等放学再放回去。

许雾跑了两圈，身上汗涔涔的。他回到教室，闻月在看漫画书。

他拉开书包一眼就看到了那个新饭盒，饭盒下还压了张纸。许雾看向旁边的人，闻月若无其事地喝了口牛奶。

许雾拿上饭盒走出去，闻月立马跟上，他直奔走廊拐角的大垃圾桶。

他正准备松手，瞥见了栏杆边上的身影，收回了悬在垃圾桶上方的手。

她的菜又没毒。

闻月莫名有点委屈，她鼻子一酸，走到他面前，低着头强忍着泪水说："对不起啊。"

她从许雾手里抢回饭盒，跑了。

一整个中午闻月都不在，许雾主动问小湾："你看到她人了吗？"

小湾摇摇头。

许雾找到闻月的时候，她正坐在后花园里。那里面杂草丛生，一般不让学生进去，闻月是新来的所以不知道。

她坐在石头上吃午饭，给许雾带的饭菜，现在正被墙外跳进来的流浪猫享用。

闻月比前几个月更加沉默了，她继续画着她的莴苣姑娘，许雾却不吃小米辣了。

学期末的最后一天，发完奖状后大家都很激动。

闻月把所有东西收拾好，抽屉里的小纸屑清理得干干净净，露出一个大大的微笑说："小湾，我下学期不来啦。"

"啊？"

"啪嗒"，许雾桌子上的笔掉在了地上。

听到这句话的同学，全部拥到了闻月面前。

"啊，你才待了一年，就要走了啊。"

"那你是不是不会再回来了？"

"回到县里吗？是转回到原来的学校吗？"

"嗯，以后你们可以来找我玩。"闻月有模有样地给每个同学写了自己的学校地址和班级信息，告诉他们可以拿着这个卡片去找她。

虽然平时不太熟悉，等到真正离别的时候，伤感的气氛一点不少。

小孩子情绪来得快散得也快，到点以后大家都急着回家，闻月留下来把自己坐了一学期的课桌椅擦了一遍，洗完抹布回来，发现教室里只剩下许雾一个人。

他不说话，闻月也不敢跟他说话，背好书包就走了，没有道别。

奶奶的自行车早就停在门口了，她跑上前："奶奶！"

"都收拾好了？"

"嗯嗯。"

"那我们走吧。"

闻月坐在后座上心情很好，她四处张望，最后看一眼这条上学的必经之路。

身后传来什么声音，闻月下意识回头，看到许雾正迈着大步在马路上狂奔。

他在追她的车。

闻月拍了拍奶奶的背，奶奶问："怎么了？"

"奶奶，停一下！"

自行车在路边停下，许雾站在五米远的地方，汗水顺着两鬓往下流。

他伸出微微颤抖的手说："你本子忘拿走了。"

远看那封面应该是她经常画画的本子，竟然没收进书包。

反正也要走了，回头可以买新的，她喊了句："你帮我扔了吧！"

"等等，"男生急急忙忙从书包侧面的口袋里掏出一支白糖棒冰，说，"给你的。"

闻月不解，但还是收下了。

她抓着奶奶的外套说："奶奶，没事了，我们走吧。"

他那个来自城里的小同桌，短暂地出现了一年。

第二十三章

请你走到光里来

许雾最初也不知道，自己为什么会把闻月的道歉信留存下来，或许是把它当作支撑自己的信念。

他上小学一年级的时候，父母外出打工，留他跟年迈的爷爷奶奶相依为命。

自尊心最要强的年纪，遇到了一个城里来的小姑娘。许雾第一次见她，那瓷娃娃般的小脸，两个眼珠子晶莹透亮，以为她是个娇生惯养的小公主。结果小姑娘非但不娇气，还不顾男女有别，把自己碗里的菜夹给他。

那天分别以后，许雾以为他们再也不会见面了。后来的日子里，他偶尔会想起这个一闪而过的小同桌，总觉得自己欠她一声对不起和一声谢谢，想着如果将来见到了，一定要告诉她。

许雾万万没想到，进入峪县一中后，他第一个见到的人就是闻月。

开学报到那天，许雾去行政楼领校服，他去得早，前面只排了一个女生。

"同学，过来量尺码。"

"不用了老师，给我最小号的就行。"

发校服的老师上下扫了一眼，把最小号的那套递给她说："行，那你去里边试试。"

临时试衣间在里面，男左女右。

许雾换好以后走出来，闻月背对着他光脚站在过道里。

修长的双腿笔直，脚趾像嫩藕芽儿一样。细碎的阳光泼在少女脚边的花瓶上，花瓶颇有琉璃的质感。

她弯腰穿长筒袜，裙摆上移，露出细腻光滑的肌肤，许雾立马移开了眼。

待她穿好鞋子，老师问她："大小合适吗？"

"合适。"

许雾签完名，把厚厚一沓名单递给发校服的老师。老师翻回到第一页问女生："哪个班的？叫什么名字？"

"初一（4）班，闻月。"

少女的声音清脆得像山谷里的风铃。许雾遽然抬头，她水盈盈的眸子挂在他身上，眼睫扑动，她真漂亮。

老师弯着眼笑，慈祥的目光在两人之间徘徊，若有所思地点点头，特意拖长音调说："你俩一个班啊——"

许雾浅浅一笑，靠墙的少女却毫无反应地拨弄着胸前的蝴蝶结，压根儿没有认出他。

老师把名单递给闻月说："签个名，秋装也给你拿最小码的吧。"

闻月"嗯"了一声。

她从一个马尾辫小姑娘变成了窈窕淑女，像迷香一样钻入许雾的梦里，成了他的幻想。

许雾可以肯定，在领校服那天，他对闻月的感情不一样了。

闻月是在和许雾成为同学半个学期以后才反应过来。他好像和自己在上小学三年级时在潼镇遇到的同桌叫一个名字。

不过她只当是撞名了，因为峪县一中的许雾考年级最高分，直到她看见了莴苣姑娘。

天鹅在湖里扑腾，路过的人只当幽暗的树下站了一对拥抱的情侣，便目不斜视地走开了。

纸上泛黄的地方，像色块化开一样，成了一团一团不规则的图形，稚嫩的笔迹写着："许雾，对不起！"

许雾见好就收，他松开闻月，替她将垂落的发丝拨到耳后。温暖的气息抽离，第一次拥抱，异性的气息蛊惑人心，闻月脸上浮起热意，许雾的耳根子也红了。

他说第二年在檀大见到她很开心，他是在等她吧？说不动容是装的，许雾喜欢她，闻月比谁都清楚。

那她呢？

其实闻月对许雾的感情也很不一样。在那个冷清寂静的早晨，她主动和他搭话，他站在讲台上填签到表。

少年已从孤傲变得清风雾月，唯一不变的是仍然喜欢她，只不过他以前不承认。

树梢发出"沙沙"的声响，闻月说："你当时为什么不原谅我？还说什么'闻月，我玩不起'，哼。"

许雾从地上捡起一块小石子，打了个水漂，惊得旁边的天鹅一个劲儿地扑扇翅膀，他笑道："我没生气。"

嗯？

闻月真想一脚踹过去，你耍我玩呢？

许雾见她隐隐有暴怒的迹象，想办法转移话题道："你那个室友是不是喜欢唐砚清？"

傅渔？

闻月说："是吧。"

不过，傅渔喜欢的人多了去了，谁知道她对唐砚清几分真几分假，搞不好就是一时兴起。毕竟学院里的老师中，难得出一个唐砚清这样的，虽然是研究生来代课，但看起来很稳重。

"唐砚清有未婚妻了。"许雾提醒说。

闻月有些惊讶地问他："你认识唐砚清？"

"我室友和他一起做过实验。"

唐砚清是程描的直系学长。

闻月回忆他说的那个室友，问："程学长吗？"

他眯了下眼说："同岁叫什么学长。"

闻月装傻道："哦，不过感觉程学长和我室友挺配的。"

他往前跨了两步，把人困在树干上说："你管他叫程学长，那管我叫什么？"

她直视眼前人，脱口而出："许雾。"

"啧，"他不满意道，"叫学长。"

湖边空气清新，柳枝垂在湖面上漾出波纹，闻月心情骤然变好，道："许雾。"

他尾音拖长，懒懒散散地应道："嗯——"

"许雾。"

"行，叫着吧。"

晚间宿舍座谈会，只有闻月一个人躺在床上，其余两个脑袋凑在桌子中间。

一颗色子摆在正中央。

傅渔说："谁小谁说秘密。"

虞萝说："我先来。"

两个人都是"六"，傅渔仰头问床上的闻月："帮你代扔，还是给你拿到床上？"

闻月已经盯着许雾的对话框看了十分钟了，对面连个标点符号都没发过来。

他可真牛，晚上才抱完，马上就翻脸不认人了。

"闻月！"傅渔吼了句。

她把手从床帘里伸出去，虞萝把色子放到她手心。

两人一人一边，扒着她的床帘看。不负众望，红灿灿的一个点落在了平整的床单上。

"哈哈哈哈哈哈——"

一点迎来了海豹式鼓掌加讥嘲。

"你这什么臭手啊？"

"赶紧的赶紧的，说个劲爆点的啊，别搞那些有的没的。"

傅渔提示她："要不说说你和那个学长？"

闻月背靠着墙，盘着腿俯视着两位"嗷嗷待哺"的八卦少女，她清了清嗓子。

空气瞬间安静，都等着她开口。

"快点啊！别吊我胃口。"

她把一旁的毯子扯过来盖在腿上，好整以暇地说："我和许雾在一起了。"

虽然好像是在情理之中，但这也太快了吧！这要说没有奸情谁信啊！

从表露"喜欢"到这两个字说出口，不过一晚上的时间，闻月的心情像坐过山车一样，此刻达到顶点，兴奋又掺杂了些忐忑。她原以为爱情这东西很简单，不就是你情我愿，一个愿打一个愿挨，但实际并非这么一回事。

她没谈过恋爱，忽然有一瞬间，竟不知道明天要怎么面对许雾。

虞萝晕头转向，一脸蒙地看向旁边的傅渔。

傅渔暴跳如雷，一边往她床上爬，一边说："昨天翻墙回来时我问你是不是喜欢他，你避而不谈。这才一天的时间，就在一起了？闻月，你不会已经背着我们全垒打了吧？"

闻月怕她疯起来揍人，往床头的方向挪了挪说："没有。"

"啪嗒"，宿舍的灯熄了，虞萝去门边把开关关了。

两盏台灯亮着，微弱的光照在惨白的墙上，众人平息下来。

傅渔很认真地问："你们到底什么情况？"

她把枕头放到膝盖上，如实说："就刚在一起啊。"

只有虞萝在状况外，好奇地说："怎么这么突然？"

傅渔叹息一声，让虞萝一边儿待着去，而后用她敏锐的直觉一探究竟，最后问道："他跟你表白了？"

"嗯。"

"快说说，快说说。"

"下次说，我要睡觉了。"她把傅渔弄下床后，赶紧拉上了帘子。

"喂！闻月，还是不是姐妹？"

想吃闻月的瓜，可太不容易了。

昨晚的杨柳树下，许雾低头说："我以前总担心你看不上我，所以'喜欢'两个字几次快要脱口而出的时候，都被我生生咽了下去。"

贫穷本不会让我折腰，但会让我在喜欢的人面前自卑。

闻月，我真的很喜欢你！以前是，现在也是。

女生轻轻踮起脚，盖上他属于她的证明。

许雾笑着问："亲了你会负责吗？"

她犹豫之后说："不确定。"

"嗯？"

"那以后许雾就是闻月的男朋友了，许雾同学有异议吗？"

"许雾同学没有异议。"

凌晨两点，闻月依旧清醒着，宿舍里传来轻微的呼吸声，她脸和腿贴着墙壁，冰冰凉凉的感觉灌满了全身。

她想起了好多以前的事，她每一个不体面的时刻，许雾都在。

在闻月长大成人的过程中，父母大多是缺席的状态。父母的偏心、不信任，让她极度没有安全感，也不懂得爱人。

她甚至早早就做好了永远单身的准备，所以在选择临床专业的时候才会这般义无反顾。想着即便读十年也没关系，以后工作忙得日夜颠倒也没关系。

没想到许雾来了。

早晨，闻月醒来发现她妈半夜给她发信息了——

今晚回家，有事。

她"啪啪"敲了几个字：什么事？

对面回得很快：看店。

池芦芝前两年开了一家面包店，生意很好，忙不过来的时候，就会把闻月喊回去帮忙。

闻月：知道了。

面包店最近在招兼职，闻月天天期盼着赶紧有人来应聘，她一点都不想回去干活。

忽然，微信多了一个小红点。

男朋友：睡醒了吗？

闻月：嗯。

男朋友：今天有安排吗？

"欢迎光临！"小雀把新鲜的面包放进橱柜里，抬头看到来人竟是闻月，表情有些诧异地说，"你来啦。"

闻月把包放在收银台上，环顾了一圈问："我妈没来吗？"

小雀给她倒了杯水说："老板娘最近一阵子都没来，好像是你弟弟要参加什么比赛，她得去陪着。"

一路上风吹得头疼，此刻温水入喉，闻月才舒坦些。

"还没招到人吗？"

小雀摇头，灵机一动道："要不，你在你们学校群里发一下，看有没有人愿意来？檀大离这儿也不算很远。"

闻月想想还是算了，自己干吧。

她有一阵子没回家了，今天面包店打烊后她顺路回了趟家，指纹刷进去，一家三口坐在餐桌上有说有笑的。闻月在玄关处换鞋的时候，看到了闻松给闻池贺买的那双新鞋。

鞋面锃亮，估计刚拿出来穿，最后她目光掠至餐桌，和闻池贺四目相对，对方率先开口道："你怎么回来了？"

闻月往餐桌上扫一眼，没她的份，抬脚径直往卧室走去，语调闲散地说："你高中生都能回来，我不能？"

"你不用上课吗？"

"关你屁事啊。"

池芦芝撂下筷子问："你不会好好讲话？"

她没心情跟池芦芝拌嘴，拎着店里带回来的千层蛋糕拧开了房门。

适时，闻松出声叫住她，问："听说你想开网店？"

闻池贺这张爱打小报告的嘴，她迟早给他撕烂。

前阵子虞萝在宿舍里张罗开网店的事，问她和傅渔要不要加入。傅渔觉得新鲜，举双手双脚赞成；闻月以前有过这个想法，自然也没意见，还特地去问了有经验的表姐。

她给表姐发信息那天，闻池贺正好在那里吃饭，回家就把这事汇报给爸妈了。

门把手摁到一半弹回原位，闻月没什么心情地丢了两个字："不想。"

"你这个年纪好好读书就行了，别想那些有的没的。我们在生活费上又没有亏待过你，创业这些东西你别给我碰。"

闻松想再说什么，闻月懒得听，也懒得应，关起门来吃千层蛋糕。

橘色的台灯照在蓝色的书本上，闻月一边听歌，一边随手翻了几页解剖图，觉得无聊又合上了。

彼时，檀大的男生宿舍里热闹无比，查文河的脑袋从床上滑下来，看许雾和程描两人拿个小锤在那里敲敲打打。

"你俩做啥呢？"

许雾一边削东西，一边说："程描在自行车车棚那儿捡了一只受伤的小鸟，说要给它一个家。"

查文河连爬带跳，"咚"的一声落在地上，说："程描！宿舍不能养动物。"

怪不得今天晚上总能听见叽叽喳喳的声音，他还以为自己的耳朵出问题了。

"还有你，"查文河拖了张凳子在许雾对面坐下，说，"还帮他给鸟做家呢，你怎么不给你女朋友一个家？"

查文河这小子又吃枪药了？

程描停下动作看过去："嗯？"

当事人一脸平静地说："我女朋友没到法定婚龄。"

查文河猛地拍了下桌上的木块说："以后禁止在宿舍虐狗！"

程描的头来回摆，问："你们在说什么？"

许雾一副若无其事的表情说："哦，你看见了啊。"

他还以为他们站的地方够隐蔽了。

"看见什么了？"程描无语道，"能不能说清楚啊？"

查文河简单地描述了一下，在某个夜黑风高的夜晚，他偶遇了许雾和闻月。如果不是他手机没电自动关机了，肯定拍下那你侬我侬的场景了。

程描震惊道："许雾，你可以啊，什么时候带出来，大家一起吃个饭啊。"

"你是想和傅渔一起吃吧？"

查文河问："谁是傅渔？"

许雾道："他暗恋对象。"

"你别放屁。"

许雾又说："可惜那女生喜欢唐砚清，他没机会了。"

"许雾，我跟你有仇？"

查文河感觉自己被兄弟们抛弃了，一个劲地质问程描是不是真的。

许雾脱身去阳台打电话。

闻月的手机开了静音在充电，她没注意到来电。

耳机切换到下一首歌的间隙里，她隐约听到有敲门声。以为是幻听，她摘下一只耳机，食指轻轻挠耳朵，谁料敲门声愈演愈烈，门板要被拍碎的节奏，闻月猛地从凳子上站了起来。

闻松最后用钥匙开了门，客厅的光漏到卧室棕色的地板上。

她站在暗处，闻松站在明暗交界处，背后一片敞亮。男人的脸却阴恻恻的。他迈着沉重的步伐，像个厉鬼般一步步逼近她。

酒精的味道在狭小的房间里弥散开来，闻月下意识打战，光脚往后退，腰抵到桌角的时候吃痛地叫了声，紧接着腥味和酒精味一起灌进了鼻腔。

"听说你现在经常去酒吧玩，你知不知道那是什么地方？"

闻松扇了她一耳光。

猝不及防，难以置信。

池芦芝不知何时站到了门边，闻池贺也进来了。

男人再次抬起手的时候，她抓住了那只粗壮的手臂，眼睛死死地盯着闻池贺，少年躲开了她的视线。

他得到了爸妈几乎所有的爱，却连怜悯都懒得施舍给她这个亲姐姐，很难想象他们身上流着一样的血。

她原先以为闻池贺只是不懂事，原来不是，他和他们一样。

闻月对这个家彻底失望了，她痛心地说："又听人家嚼我舌根了？"

"我就问你去没去过？"

"去过很多次。"

云层被拨开，露出银色的边，祥和的氛围里夹着几丝酸意。

"没人帮我。"酒吧里，闻月趴在台子上给谭银打电话。

"你现在在哪儿？我让谭末来接你。"

闻月喝了不少酒，根本听不懂谭银在说什么，自顾自地说："我现在只有你了。"

"我亲弟亲妈都不肯帮我，没人帮我了。许雾……"她声音越来越低，眼睛哭红了，最后昏睡在吧台上。

谭银的心提到嗓子眼儿，喊道："别睡啊！闻月！醒醒！"

最后，她只能用手机查找闻月的大致位置，然后赶紧发给谭末。

谭末这小子不知道在哪里快活，半天不回消息，废物一样，需要他的时候准没影。

谭银焦急死了，头发都快被薅秃了，手机那头重新响起了清晰的人声："喂？"

不是闻月的声音，是一道很乖巧的女声，甚至会让人觉得不该出现在酒吧里。

"请问你是这位小姐的朋友吗？"

谭银道："是是是，我是。"

"我是这里的兼职生，你朋友喝醉了，你来接她一下吧。"女生报了酒吧的位置。

"那个，能麻烦你翻一下她的通信录或者微信，给一个叫许雾的人打电话吗？我短时间赶不到这个地方，麻烦你了。"

"不麻烦，应该的。"

"咔嗒"，接连两声，许雾桌上立着的两枚硬币倒了。他的心一紧，接着看到来电提醒，愣了一秒赶紧接起来，还没开口，那边的女生已经报了定位："你朋友喝醉了，需要你来接一下。"

刚熄灯的宿舍里"噼里啪啦"一阵响，程描从床上坐起来问："喂！大半夜你干吗去啊？"

查文河半仰着身子，听到门"砰"的一声关上，嘟囔了句："这架势，肯定接女朋友去了。"

许雾翻墙出去打了个车，出租车在无人的高架上飞驰，他催促道："师傅，麻烦您快点。"

"再快就超速啦。"

许雾想起她上次在酒吧的遭遇，心里一紧，但又不好再催。

街道上只有零星几个行人，酒吧的门开在侧面，出租车还没停稳，许雾就冲下去了。

他正准备拉开厚重的门，就听到了一声弱弱的"许雾"。

许雾立马回头，闻月坐在对面的墙角下，身边还站着一个穿着围裙的女生，应该是刚才打电话的那个。

她已经吐过两轮了，手里捏着半瓶水，嘴角和眼睛都湿漉漉的。不知道被谁欺负了，正委屈巴巴地看着他。

一旁的女生扫了一眼蹲在地上的男生，用公事公办的口吻说："你就是许雾吧？人交给你了，我先走了。"

许雾跟人道完谢才问闻月："怎么了？"

他抚了抚她头顶参毛的发丝，又小心翼翼地碰了碰她的脸。

闻月本来没想哭的，一看到他就忍不住了，眼眶被温热的液体充盈，她扭开脸说："背我。"

矿泉水的瓶盖和擦过的纸巾散落在水泥地上，许雾把所有东西丢进垃圾桶后，又走到她面前蹲下，拍了拍自己的背说："上来吧。"

她趴在许雾的肩头，他的衣服领子正好硌在她腮帮子那里，闻月不舒服地"嗯"了声，接着抬手把他的衣领往外拽，整张脸贴在他光裸的肩头，后脑勺的头发蹭得他脖颈痒痒的。

"轰"的一下，一股难耐的躁意迸发出来，许雾感觉全身像着火一样难受。

他脚下的步子跟着身子一顿，闻月换了个方向，脸对着他的脖子，手也不老实，细嫩的指尖杵了两下他的喉结说："吞口水干吗？渴了吗？我这儿还有半瓶水哦。"

她另外那只手晃了晃水瓶，许雾下意识看过去，那只不老实的手趁机覆在他的颈肉上说："你怎么这么白，还这么好摸，我喜欢死了。"

不知道是真醉还是趁机使坏，许雾闷笑道："这么喜欢，还舍得用掐的？"

她松手把头转回去，许雾以为把她惹生气了，肩膀微微一松，她突然冒出了一句："你怎么还是那么穷啊！衣领都撑那么大了还不换。"

那明明就是被她扯的，这下许雾确定她真醉了，随意"嗯"了声，背着她在街上走。偶尔有路过的人，眼睛忍不住往两人身上瞟。

有个老太太遛狗回来，经过两人身旁时，闻月来了句："你是不是也想睡我？我妈说了，那些说喜欢我，要跟我在一起的男人都是为了睡我，那些渣男说我长了一张狐狸精的脸。"

许雾昧着良心说："我不喜欢你。"

"我不好看吗？"

"好看。"

"那你为什么不喜欢我？"

"我穷。"

"哦，那你要努力赚钱，有钱以后考虑一下我。"

老太太目光一凛，许雾不知道做何表情。

"我先送你回家。"

老太太手里牵着的金毛想往前蹿，被老太太一把拽回来，有种随时准备战斗的感觉。

许雾："……"

闻月傻乎乎地笑了两声，手上瞎比画着："奶奶，我开玩笑啦。这是我男朋友，他叫许雾，檀大的，可厉害了，读飞行器……"

她还没说完，老太太牵着狗快步走了。

男朋友，许雾嘴角忍不住上扬。

他把她放下来圈在墙边，闻月那颗神志不清的脑袋控制不住地往下耷拉，许雾笑着替她抬起下巴。

她把水瓶丢在地上，两只手抱着许雾的手腕，整个脑袋搭在他的掌心。

这是准备睡了？

许雾重重点了一下她的额头，闻月一个激灵，看起来像回神了，眼巴巴地看着他。

"到底醉了没？"

她不吭声，许雾拿她没办法，只问："今天说的话，明天还记得吗？"

她点点头。

许雾从地上捡起那半瓶水，一饮而尽，压住心底破土而出的欲望，良久后他才启唇，又告白了一次："我是个很无趣的人，最糟糕的样子你也见过了，以前一直没和你告白，是害怕你不会喜欢这样的我。"

不过现在非常确定了，你喜欢我。

许雾凭空变出一条项链给她戴上，吊坠是一个哨子，外形看起来有点像数字6。

他还真是一如既往的土，闻月忍不住摸了把项链，上面还有他的余温。悬了一晚上的心，在这一刻落地了。

闻月酒劲又上来了，折腾着要他背。

于是两人又如刚才那般，她摸着他的颈肉，时不时用指甲刮一下他的喉结，许雾感觉这是一场修行。

他接着刚才的话继续往下说："原本想把我对你的喜欢藏在心里，直到藏不住了再告诉你，后来发现一天也藏不住。随身带着你写给我的道歉信，就是想让你发现，让你知道我喜欢你。哪怕你不喜欢我，也想在你心里抢先占个位。"

夏日夜晚的风又闷又湿，闻月的心情却意外舒畅。其实她早醒了，这会儿正趴在他背上咧着嘴笑。

"许雾，放我下来。"

他依着她，关切地问："不是醉了吗？能不能站稳？"

"能。"她跳下来，跑向远处，站在坡上望着他。

"许雾——"她喊道，"走到光里来，大大方方地说你喜欢我！"

第二十四章

相爱

街上灯火通明，大厦侧面的巨大电子屏上播放着化妆品广告。许雾背着闻月路过地铁站，这个点一号线末班车都开走了。

许雾怕她滑下来，把人往上托了托。

闻月忽然出声问："我重吗？"

"不重。"

她"哦"了声，又说："许雾，我困了。"

"那我打车送你回学校。"

闻月回到宿舍的时候，室友都睡了。她蹑手蹑脚地走进浴室，简单洗漱完换上睡衣后，把一身酒味的脏衣服扔到了脏衣篓里。

窗帘没拉好，月光透过缝隙洒在木板床上，单薄的身影端起桌上的温开水，灌完后爬上床，踩上最后一阶时，腿不小心撞到旁边的横杆，细微的声响惊醒了虞萝。

"你今天这么早就回来了啊？"她迷迷糊糊地问了句。

"嗯。"

"早点休息。"

"好。"

沉重的身子躺在松软的空调被上，她异常清醒，点开手机滑了两下，和许雾的对话框里弹出来两条语音。

她插上耳机，低沉的嗓音划破沉闷的夜，在她心上挠痒痒。

"到宿舍了吗?

"好好休息。"

她打字回道：我睡了，晚安!

许雾压住嘴角的弧度，给她回了个：晚安。

翌日一早，七点半晨光正好，傅渔咋咋呼呼地吵醒了所有人。

闻月掀开帘子，皱着眉问："早上没吃药?"

傅渔在底下已经开始化妆了，手里拿着气垫在脸上拍："我说，你俩还不起床吗? 今天有联谊会啊。"

虞萝"噌"的一下从床上坐起来，问："联谊不是晚上吗?"

"白天也有活动啊，航院的男生们租了一块场地，大家可以去玩游戏，还能室外烧烤。"

"我怎么不知道?"虞萝纳闷地问。

闻月的脑袋还有点昏昏沉沉的，耳朵自动屏蔽了两人的声音，钻回被子里给许雾发了个信息：我们学院和你们学院今天有联谊?

许雾那头回得快：我也刚知道。

闻月：你去吗?

许雾：你来吗?

两人同时发。

许雾：去。

闻月：来。

有些事真的不能期待，一有期待就会落空。

闻月刚收拾好，辅导员一个电话就给叫去了。她在办公室一直待到辅导员下班。

幸亏辅导员不加班，让她赶上了联谊的重头戏——晚宴。

平时路上遇见的那些个蓬头垢面的人，此刻都穿得光鲜亮丽的。

傅渔穿了条小短裙，手上端了杯饮料，撞了撞闻月的肩膀说：

"八点钟方向，那个男的是不是上学期跟你表白的那个？"

"不记得了。"

"那四点钟方向那个呢？还给我们宿舍买了两个大果篮。"

"忘了。"

"啧。"

闻月今天穿了条墨绿色的长裙，完美地展现出姣好的身材。身后的虞萝看了看自己偏可爱风的裙子，忽然理解了什么叫可爱在性感面前一文不值，气。

虞萝这个呆子，大庭广众之下对着闻月的臀部冒出了句："为什么我没有翘臀？"

闻月："……"

傅渔做了个撸袖子的动作："我傅渔要开始猎杀了。"

"啊？"虞萝不明所以地说，"可是唐砚清没来啊。"

"打住，从今天起别再跟我提这个人。就当他没存在过！"

虞萝朝闻月眨了眨眼问："什么意思啊？"

闻月一耸肩，道："估计有新目标了吧。"

而且这个新目标，不出她所料，应该姓程。

闻月的视线跟着傅渔的视线挪过去，程描宿舍的人就站在不远处。

许雾也看到她了。

闻月默默地移开视线，问虞萝："你今晚猎杀吗？"

"我？"她乖巧地摇摇头说，"我就想来饱饱眼福。"

可以，目的纯粹且直白。

"行，那你找个角落待着吧，别出什么事儿。"闻月嘱咐她说。

"什么意思？"

"意思就是，我和傅渔今晚没空管你。"

"你们都？"虞萝猛然意识到自己落后了，问道，"那我怎么办？"

"你擦亮眼睛，要么今晚在这儿找一个，要么网上努力努力。"

"网上的不靠谱。"

"那就今晚把握好机会，这些男生里优秀的还挺多的，能考上檀大，起码说明脑子没问题。"

"喂！你们真就这样把我抛下了？说好了姐妹一生一起走呢？"

闻月一脸无辜地问："我们说过吗？"

傅渔摇摇头说："没有吧。"

虞萝真想扁她们，怒骂道："重色轻友！"

傅渔拍了拍她的肩膀，开心地说："祝你度过一个愉快的夜晚。"

几人谈笑间，闻月朝许雾的方向看过去。

许雾身边换了人，眼熟的两个室友各自找伴儿去了。他旁边站着一个生面孔，看样子两人的关系应该不错。

大部分人来这儿的目的不是联谊，而是和虞萝一样看帅哥美女联谊。

友人注意到两人的目光，谈笑间漫不经心地提了句："你和闻月什么关系？"

许雾答："朋友。"

友人追问道："什么朋友？"

他眼中带笑道："男女朋友。"

他的女朋友今天真美！

美人也似被勾引了，踩着高跟鞋"嗒嗒"朝他走来。

友人识趣地走了。

"嗒嗒"声逐渐逼近，许雾转身就说："闻月，承认吧，你其实也喜欢我很久了。"

今晚的她像月色下的井水，清凉又迷人。

她挑眉盯着他，这一眼看到许雾心里去了。

闻月喝了口杯中的饮料，鲜艳的唇湿漉漉的，指尖滑过唇，不轻不重地抹了把，须臾覆在他的喉结上说："要跑吗，男朋友？"

众目睽睽之下，许雾喉结上下一滚，给了她回应。

"跑。"

说跑就真的跑，闻月一只手被许雾拉着，另一只手提着绸缎面料的裙子。

他们像从画报里逃出来的男女，路过的梧桐为他们欢愉。

学校论坛当晚炸了，铺天盖地全是航空航天学院和医学院联谊的事。其中大半都在议论闻月和许雾，给他们编了百八十个惊天地泣鬼神的故事。

当事人完全没空理会这些。

许雾租的房子里，闻月靠坐在沙发上，他在中岛台给她泡牛奶。

温热醇香的牛奶入喉，闻月咂咂嘴，细细品味，喝光了最后一滴，想把杯子塞回他手里，转头才发现这人正紧紧地盯着她。

眼神里是跳跃不明的光，他想干吗，闻月一清二楚。

他家的沙发是真的舒服，闻月陷在里面不想出来。

女生的两只高跟鞋甩在地毯上，许雾的唇色比她还艳，刚经历了什么，可想而知。

她提起脚踩在他的脚背上，灵活小巧的脚趾刮弄着他的脚踝说："我喝饱了，你要喝吗？"

话音刚落，她抖了抖长裙，一盒东西滚落到许雾脚边。

"噌"的一下，有什么东西在许雾脑中炸开。

"什么时候买的？"

"你猜。"

沾了奶渍的唇瓣贴上他的喉结，闻月用舌尖舔了下，许雾缴械投降。

在峪县一中重逢领校服的那天晚上，她就这样虚幻地出现了。

上次是梦里，这次是现实。

许雾分不清，他以为自己回到了那个梦里。

同第一次梦见她一样，扯掉她所有的装束，每一寸肌肤都像月光下的金粉，细腻柔软。浪拍着船身，时而轻缓时而激烈。接近尾声时，闻月的手一直摸着他的喉结，一刻也不松开。

"你对我的喉结是有什么执念吗？"他拖长调子问。

她的指腹继续摩挲着，说："许雾，如果我死了，我就带上你。"

而后状似发狠地在他的喉结处掐了把，其实没用多少力。

许雾用气音笑她："担心我会丢下你？"

他拍了拍她的脑袋说："雾失楼台，月迷津渡。许雾和闻月注定要在一起。"

她没吭声，缩在他怀里，鼻子一酸。

她是无根的浮萍，漂到哪里算哪里。她的前路是汪洋大海，没人告诉她该往哪里去。那就自私地捆住许雾吧。他来做灯塔，她不可能再溺水。

——没有光的地方不一定是绝境，那里可能藏了一个喜欢你的少年。

– 正文完 –

番外

1

春节前夕，得知小叔要回国了，闻月火速赶往茗市。

春潭小区的房子太久没住人，进门一股潮味扑面而来，闻月开窗通风顺便简单打扫了一番，做完这些小叔正好到家。

两人许久未见，听到开门声，闻月冲过去："小叔，我可想你了！"

"有多想啊？"

"非常非常想。"

男人换完鞋问她："大年三十是回去过还是跟小叔一起回奶奶家？"

"跟你一起回奶奶家吧。"

"好。"

几年没回来，屋子里的很多摆设换了位置。他走到客厅，闻到一股清香。

"你打扫过了？"

闻月双手叉腰，得意扬扬道："怎么样，干净吧？"

"相当干净。"他把提前准备好的礼物拿给她，"喏，奖励你的。"

小叔送给她一只包，之前打电话的时候她无意间提过一次，小叔居然放在心上了。

"谢谢小叔！"

"大学生活怎么样？"闻津问。

"太爽了，没课的时候想睡多久睡多久，没人唠叨我，室友也很好。"

"那么开心啊。"他一路奔波有些疲乏，泡了杯茶坐下来听她讲学校里发生的事。

闻月聊得正嗨，猛然一看时间，六点了。

她回房间换了套衣服，出来说："小叔，我今晚有同学聚会，就不在家吃饭了。"

"我送你？"

"不用，我打车过去，也不远。"

"那你到了把定位发给我，结束后我来接你，天黑你一个人回来我不放心。"

"好。"

出租车上，闻月收到李星荷的消息："你来了吗？"

"马上到了，五分钟。"

这次聚会是李星荷组织的，来了十几个人，闻月是最后一个到的。

"你可算来了，他们刚点完菜，你看看还想吃什么，加！"李星荷还跟以前一样热情，把菜单递给她，顺便替她把外套挂好。

"点肥肠了吗？"据说是这家店的招牌，闻月想尝尝。

"点了，他点的。"

闻月顺着李星荷的手望去，男生在和旁人交谈。

她落座的时候，许雾微微侧身。

李星荷同她说这几个人的近况，李登鸣下学期要出国交换了，沈预寒假在大排档兼职天天煮粉丝，蒋荪现在是网上小有名气的美学博主，许雾嘛……

"你俩不是一个学校的吗？有没有他的什么传闻，说来听听。"李星荷悄悄八卦，没想到大家都听见了。

按许雾的性子是不可能自己交代的，大家把目光汇聚在闻月身上。

他们在一起这事，闻月还没告诉李星荷他们，看蒋荪的表情，许雾应该也没说过。

"学校那么大，一年都不一定能碰上一次，她怎么会知道我的事。"

两人最近闹别扭，还没和好，某人直接把关系撇得干干净净。

闻月挑眉，不置可否。

众人见套不出啥，便作罢。

饭局中途，沈预见缝插针说："许雾，我兼职的地方有个妹妹让我给她介绍个学霸男友，我看你挺合适，认识认识？"

李星荷："他这种条件可能单身吗？小心他女朋友知道了削你。"

闻月喝了口水，跟着大家一起笑。

"我有女朋友。"闻月正低头戳着盘子里的花生，耳边突然响起这样一句话，听声的方向，是冲着她说的。

"谁啊，谁啊？"

"你们学校的吗？"

"哪里人啊？"

"有照片吗？"

"啥时候带回来给大家伙儿看看？"

一个个顿时来劲了。

闻月看到蒋荪捶了他一拳："够不够意思，谈恋爱了也不告诉兄弟！"

"想等稳定点再告诉你。"

这话是故意说给她听的。

许雾现在大三，按他的成绩保研准没问题，闻月也有读研的打算，许雾便问她想去哪个学校读研，他想两个人在一起。

闻月让他想去哪个学校就去哪个学校，千万不要为了她将就。

这感觉似曾相识，许雾至今还记得高三毕业那年她说的让他一往无前的那些话。心里像被什么东西堵住了一样，最后他赌气说，要是不能在一个学校读研，他就不读了，她去哪里念书，他就去哪里找工作得了。

闻月把他骂了一顿。

这事之后，两个人两天没联系。许雾原本打算这几天抽空去檀市找她，所以当他收到李星荷邀请时想也没想就拒绝了，后来得知闻月也来，他当即改口。

几天不见还学会阴阳怪气了。

闻月狠狠踩了他一脚，慢慢转头说："不好意思。"

他看着鞋面上的一大块污迹，毫不在意道："没事。"

多年后重逢，话题不断，没人注意到他们的小动作。

饭局上更多的是吐槽各自学校，当然还有八卦在座各位的恋爱情况。

大家听说许雾的对象是小一届的学妹时，个个都给他点赞："牛啊。"

九点半散场，闻月去了趟洗手间，出来的时候看到许雾在门口等她。

两人相视一笑，许雾想牵她的手，被她躲开了。

"关系还没稳定就动手动脚，像个流氓一样。"

"我错了。"

"刚才不是说得很爽吗？"

"后悔了。"

"这世上可没有后悔药。"

他真诚发问："那怎么办？"

她拍了拍他的肩："许同学以后嘴甜一点，少阴阳怪气就好了。"

"好。"

闻月忽然被一股力拽过去，整个人扑进他怀里，下巴被人抬起，有人俯首而下。

唇瓣相触的瞬间，他问："甜吗？"

她掐了一下他的腰："公共场合，你干什么！"

这人不仅没意识到问题所在，反而还委屈上了："我们好久没接吻了。"

"不行，这里有摄像头。"

"那我送你回去。"

"我小叔来接了。"

餐厅门口，大家陆陆续续从里面出来，李星荷在打车，她看到一个熟悉的身影，冲后头喊道："闻月，你小叔来接你了！"

"闻老师好。"

"你们好，都长大了。"闻津看到这些孩子有些感慨。

"小叔。"闻月从后面冒出来。

同样走到他跟前的还有记忆中的满分少年，闻津看到许雾最大的感受就是对方比从前阳光了。

"闻老师好。"

"你好，"闻津好奇地问道，"你现在在哪里上学？"

"檀大。"

小叔看向自家侄女："那你们俩可是校友。"

"是啊。"她偷偷瞟了眼校友。这校友怎么藏不住事儿，眼神直勾勾地挂在她身上。

闻津看他们在打车，便问："你们住哪儿？有顺路的我可以捎上。"

李星荷说："我和沈预顺路，我们一起打车回去，不麻烦您了。"

其他几个同学纷纷婉拒，轮到许雾，他说："闻老师，我住荠尾巷。"

"那你正好和我们顺路，走吧。"

闻月坐在副驾驶位上，许雾坐在她后面。

车子开出去一段距离，闻月给身后的人发微信：有没有一种熟悉的感觉？

许雾：嗯？

闻津没换过车，许雾这是第二次坐，第一次还有李夏林和沈琦。

她给他发了一张自拍照，试图唤起他的记忆。

照片里后排的许雾和沈琦各露出半张脸。

闻月：当时你对沈琦可是有求必应，她扯扯你的袖子，你就知道她什么意思，多默契啊。

后排的许雾扬起嘴角，回她：吃醋了？

她刚要回，小叔说话了。

"江叔叔明天会过来吃饭，他大外甥也来。"

闻月抬头："他外甥多大了？"

"上大四，人挺实诚的，家里条件也不错，可以认识认识。"

闻月的手机快炸了，一直"叮叮"响。

小叔忍不住吐槽："谁给你发这么多消息？"

发消息的人就坐在后头。

许雾：不许！

这两个字少说刷了得有十遍。

闻月将手机调成静音，没回他，恍惚间好像听见他叹了口气。

"许雾，到了。"闻津回头喊他。

"谢谢老师。"

"不客气。"

"你们回去的路上慢点开。"

"好。"

车灯照射下的小巷还是从前的模样，狭窄却干净。

小叔开出去的时候，闻月在后视镜里看见许雾回头。

"你还记得有一年你晚上来找我，结果行李箱被抢了吗？你当时为了追小偷还迷路了，我就是从这里把你接回去的。"

"记得。"

那天少年看穿了她的害怕，不仅给她亮了灯，还留了门。

她也曾在小巷里回头。

这一眼横亘数年，他们在不同的年纪相遇，分别，再相遇，再分别……最后注定要在一起。

许是看到学生们聚会，闻津有些怀念自己的学生时代。回去以后一直拉着闻月，让她继续讲自己的大学生活。

闻月讲的基本都是室友，末了闻津问她："有喜欢的人了吗？"

他当初上大学的时候，不是出去兼职就是窝在宿舍里打游戏，好不容易遇到一个喜欢的女生还有男朋友了。一次恋爱也没谈过，这是闻津大学时代最遗憾的事之一。

他想告诉侄女要勇敢追爱。

闻月倒也没藏着掖着，告诉小叔："我谈恋爱了。"

"你爸妈知道吗？"

她摇摇头："他们知道了肯定会问东问西，指不定说些什么硌硬我的话。"

男人放下手头的事，拿出长辈的架势来："叫什么名字？哪里人？今年多大？怎么认识的？认识多久了？发展到哪一步了？"

闻月听晕了："这一连串儿问题我要先回答哪个？"

"一个一个回答。"

她挑着说："跟我同年，比我大一届，认识挺久了。"

男人追问："哪里人？"

"茗市人。"

"以前的同学？"

"嗯。"

他只是随口一问，没想到猜对了。

"叫什么名字？"

闻月想了想还是交代吧，不过说得比较轻："许雾。"

彼时，闻津正好收到一封工作邮件，他点开查看的时候听到那个名字没有太大反应，只是说了句："名字挺好听的，人怎么样？"

"人挺好的，对我也很好。"

"那就好。"

他不反对她谈恋爱，就怕她被人骗，像个老父亲一样嘱咐道："谈恋爱千万要擦亮眼睛，还有要注意分寸。你还小，恋爱可以谈，但是有些事……"

闻津关掉邮件，打算和她好好聊聊这个话题，突然反应过来："你刚说他叫什么？"

闻月一拍脑门，小叔的反应可真够迟钝的。

"许雾。"她重复了一遍。

男人捏捏耳朵，一副我没听错吧的表情。

"一个小时前你们还见过。"

"怪不得他还特意穿过人群到我跟前来打招呼。我说捎他们一程，个个都拒绝了，只有他上来就报地址，原来在这儿等我呢。"

"他对我很好的。"闻月帮腔。

"紧张什么，怕我不喜欢他？"

"是，你是我最爱的小叔嘛，你的看法对我来说很重要。"

今年冬天下了很多场雪，窗台上已经积了厚厚一层，男人看着窗外思虑良久后开口说："年前挑个日子请他来家里吃饭吧。"

闻月一愣："啊？"

"不方便吗？"

"没有，明天江叔叔不是要来吃饭吗？后天我们要去买年货，大后天大扫除，大大后天就回奶奶家过年了。"

这阵子事多时间紧。

"江叔叔不重要，我让他别来就好了。"

有点突然，可闻月转念一想，小叔正月初六就要走了，这次一走也不知道什么时候再回来。

她和许雾是奔着结婚去的，反正迟早都要见。

"我问问他吧。"闻月回房间给许雾打了个视频电话。

男生刚从浴室里出来，接了电话把手机架在书桌上，然后走到一边吹头发。

他身材不错，这家伙肯定是故意挑了个让人挪不开眼睛的角度，闻月直勾勾地盯着他。自打她恋爱以后，宿舍里夜谈的话题从八卦别人变成了八卦她。虞萝天天缠着她，让她分享情侣之间相处的甜蜜瞬间。傅渔则是每天在她耳边说，春宵一刻值千金，还说鼻子挺的人那个也厉害。

许雾稍微吹了一下头发，关掉吹风机看见闻月傻愣着，他走到镜头前问："你脸怎么那么红？"

"腮红！"也不知道她在害羞个什么劲。

许雾轻笑一声："是吗，我怎么不知道你还有晚上化妆的习惯？"

"你不知道的多了去了。"

"是，我不知道的多了去了，也不知道某人明天见了别的小伙子会不会脸红。"

他酸溜溜的表情戳中了闻月的笑点："你也有不自信的时候啊？"

男生一声不吭，耷拉着脑袋，头顶几缕干透的头发翘着。

谈恋爱以后才发现这人非常擅长装乖，搞得她不忍心再欺负他。

"好了好了，不逗你了，我把咱俩谈恋爱的事情跟小叔说了，明天江叔叔也不来了。"

男生倏然抬头："你小叔知道以后说什么了吗？"

"嗯……他没说什么。"

放在以前，许雾肯定自信满满，有哪个老师会不喜欢他这样的学生？但现在身份不一样了，他也不知道闻老师对他到底什么态度。

"不过我小叔想见见你。"屏幕那头的女生趴在桌上看着他。

此话一出，许雾立马坐端正，问："什么时候？"

"明天。"

他刚想说他要好好准备一下，投其所好，结果被打了个措手不及。

此时距离明天只剩下四个小时，距离和闻老师见面也就再多几个小时，这么点时间还不够做心理建设的。

见他蹙眉，闻月宽慰他："别担心，我喜欢的人小叔肯定会喜欢的。"

"好。"

时间定在明天晚上，闻津亲自下厨给俩孩子做饭。

他还特意叮嘱闻月："叫他别买东西，人来就好了。那一套留着以后见你爸妈用，到我这儿没那么多礼数。"

他现在还是学生，再厉害口袋里能有多少钱。

闻月把这话传达给许雾，他嘴上应着好，来的时候手里提了不少东西。

男人听到门铃声从厨房里出来。

"闻老师好。"他站在门口，像在等命令。

"不是让你别买东西吗？"

"买了些小闻爱吃的。"

"我锅里还炸着鱼排，你先进来坐。"他朝阳台喊，"小闻，人来了。"

她丢下喷壶，冲出来扑进他怀里："你来啦！"

"嗯，我买了你爱吃的蛋糕。"

这家店有点远，而且生意很好，总是排队，上大学以后她很少回来，也就没再去买过。

她帮他把东西搬进来，发现除了水果等一些东西还有两个礼盒，装的是酒和茶叶。她对这些懂得不多，只知道这两样东西不便宜。

闻月拍了他一下，小声地骂："你神经啊，买这么贵的东西。"

他捏了一下她的脸："以后赚更多钱，给你更好的。"

如此简单的一句承诺，却让闻月鼻尖一酸。

从前她很少去想以后我要如何如何，和许雾相恋后，她才知道原来真的有人会拼尽所有来爱你。他的每一个计划，走的每一步路，都是为了和她在一起。

小叔今天买了很多菜，许雾去厨房里帮忙，闻津也没跟他客气，自然地把菜递过去："你把这俩西红柿洗了。"

"好。"

"再把那个洋葱处理一下。"

"好。"

他做事利索细致，这点闻津很喜欢。

"小叔！好了吗？我快饿死了。"闻月扒着门框，两个人本来在说着什么，见她来后又不说了。

许雾把牛肉装盘，夹了一块给她。

三人上桌吃饭，天已经黑了。

闻津以前是许雾代课老师的时候，就听办公室老师说过他家里的情况，多少了解一些，所以饭桌上并没有多问，只闲聊时问了一下他就读的专业以及短期的规划。

他是个有目标且踏实的人。最重要的是，能走进小闻内心表明他一定是可以带给她安全感的人。

这顿饭吃得轻松愉快，小叔和许雾有很多共同话题，他们聊得开心，闻月也开心。

饭桌上，小叔封了个红包给许雾，他不接。

"你既然带东西上门了，那就算见家长，这个红包你就得收。除非你们将来不打算结婚，只是谈着玩玩的。"说罢，男人欲收手。

许雾听了赶忙接过来："那我收下了，谢谢小叔。"

"以后照顾好小闻。"

"我会的。"

大家吃饱后时间也不早了，闻津让许雾早点回去，免得家里人担心。

闻月麻溜地套上大衣，说："小叔，我送他下楼。"

"快去快回。"

"好嘞。"

单元楼下，两人牵着手。闻月看着他说："走一会儿？"

"小叔不是让你快去快回吗？"

"那我走了。"

说着她挣开手，转身要跑，被他一把拉了回来："走一会儿吧。"

小区里有很多小朋友在堆雪人。他们踩着松软的积雪，慢慢悠悠地晃着。

"你们在厨房的时候聊什么了？"闻月憋了一晚上才问。

他逗她说："秘密。"

她直接捶了他一拳："你跟你女朋友的小叔之间能有什么秘密。说！不说我就挠痒痒了。"

许雾最怕痒，赶紧投降："好，我说我说。"

在厨房的时候，小叔问他："你们在一起多久了？"

许雾答："半年。"

男人又问："那你喜欢她多久了？"

他当时的回答是："我也说不清自己是哪一刻喜欢上她的，只是回忆起我的中学时代，每一帧画面里都有她。"

闻月听完藏不住地开心。

她饭后吃了一小块蛋糕，这会儿嘴里还有奶油的味道。

闻月好奇地问："那你是怎么知道我爱吃那家店的蛋糕的？"

"以前经常看到你自行车上挂着那家店的袋子，所以我猜你应该挺喜欢吃的。"

她想了想，那会儿好像还是初中吧。

"哎嘿，"她跳到他面前，凑近调侃他，"连我自行车上挂的什么袋子你都记得，许同学，原来你暗恋我好多年啊！"

他只是笑笑，不否认。

"那你高中还死鸭子嘴硬。"闻月记忆力也不赖，"我记得我可是试探过你喜不喜欢我的。"

"那我是怎么说的？"

"你说不喜欢。"

许雾当即轻弹了下她的脑门："我是这么说的？"

闻月抓住他那只手反问道："不是吗？"

"我明明说的是，你听谁说我喜欢你了。"

"那不就是不承认的意思吗？"

"这不一样。"

"怎么不一样了？"

"间接否认表面是隐藏心意，实则是想告诉你，"他微微弯腰，凑到她耳边，"闻月，我真的好喜欢你。当年是，现在更是。"

她用了许雾说过的一句话来回应他："许雾，我们好久没接吻了。"

小区一处隐秘的角落里，有一对影子紧紧依偎在一起。

许雾的手机没有静音，消息提示音接二连三地响起，惹得女生分了心。

他托着她的后脑勺："别管。"

"看看吧，万一有什么事。"

她替他把手机掏出来，一看是李星荷昨天新建的群，大家在商量哪天有空再出来一起玩，不然开学以后又见不着了。

刚开了静音，突然有人艾特许雾。

沈预：@许雾，你是真有女朋友了还是假的啊？店里的妹妹又让我给她介绍学霸哥哥了。

蒋苏：你这么积极是收了钱吗？

李星荷：就是，你什么时候这么好心了？

沈预：别管，哥乐意。

沈预：@许雾。

沈预：@许雾。

这家伙跟中毒了一样，不把许雾叫出来誓不罢休。

"他有病是不是？"闻月真想打电话过去骂他一顿。

"我来。"

他在群里回了一句：@闻月，我女朋友。

群里瞬间炸了，排起了问号队形。

蒋苏：那你俩昨天装什么呢？一副不熟的样子。

沈预发了三个发怒的表情：昨天怎么不说！害我痛失最佳八卦时机。

同学A：我就说他俩上学的时候明明不对付，昨天居然能坐到一起聊天，果然有猫腻。

李星荷：意料之外，情理之中。

只有李登鸣第一反应是祝福他们：你们是我们同学当中第一对情侣，恭喜恭喜，祝永久。

在小李同学的带领下，群里从吃瓜变成了满屏祝福语。

闻月拿出手机给小李同学发了个红包，以示感谢。

群里的消息刷得飞起，她一条也不想看，当下只想专心谈恋爱。

许雾问她："你几号回檀市？"

"正月初六吧，我小叔初六走。"

他本想说，她可以留在这儿，他会陪她，给她送饭。后来一想，她在这儿过年，年后总得回自己家待几天，而且元宵节过完就返校了，中间统共没几天，便也不提了。

两人走着走着，回到单元楼下，许雾替她把围巾拢好："上去吧，外面这么冷。"

"那你路上小心，到家给我发个消息。"

"好，我等你进门我再走。"

她踏上第一级台阶，忽然回头说："我到现在还觉得有点不真实。"

"哪儿不真实？"

"见家长这件事，我们才谈了半年。"

许雾站在路灯下，坚定地说："从你答应做我女朋友那天起，我就开始攒老婆本了。"

"这回真实了。"

夜空不知何时又下起了雪，雪花落在微微翘起的鼻尖上，它们有幸见证了这份忠贞不渝的爱情。

2

闻月大四，许雾跨省去 S 大读研，两人开启了异地恋生活。

闻月开学比许雾早几天。出发前一晚，男生在她家楼下等了一个小时。

她收拾完东西跑下来，看到他坐在花坛边，没有玩手机也没有听歌，只是呆呆地坐着，时不时抬头看一眼她的房间。

九月初的茗市还有些热，花坛边有好多蚊子，闻月瞥见他腿上被咬了好几个包。

"怎么不给我打电话？"她走到他边上坐下说。

许雾握了握她的手："就想等等你。"

下一次这样等她也不知道要多久以后了。

月亮悬挂在树梢上，晚风轻轻拂过，离别的情绪在美好中无限放大。

两人许久没说话。

玩滑板的小男孩从他们面前滑过，一脸奇怪地看着他们。

"明天九点的高铁是吗？"

闻月无奈一笑："是的，你问八百遍了。"

从她买了车票那天开始，他每天都要问一遍。

"舍不得我走？"闻月把他头顶翘起的一撮头发捋了捋。

他低低地"嗯"了一声。

后来闻月哄了好久才把他哄好，并说自己会考虑去 S 大读研，他才开心一些。

许雾不在，闻月回归了和傅渔一起吃外卖的日子。

第一个学期，许雾上课居多，导师没什么任务给他，他每个月都会回去看闻月，到了下学期明显忙起来了。

闻月也一样，学习生活苦不堪言，每天基本满课不说，一周里还有两个半天要去医院见习。刚开始不适应，每天晚上都感觉身体被掏空了一样，回到宿舍和谁也不想说话。那阵子闻月和许雾煲电话粥的频率大大降低，发信息聊几句日常，然后就洗澡睡觉了。

好不容易度过考试月，实习又要来了。

他们专业实习点一共有七个，檀大附属医院实习条件最好，离学校也最近。其中还有一个实习点是省外有名的儿童医院，因为距离最远，很多人不是很情愿去那边。

辅导员决定让大家抽签，全凭运气，没什么怨言。

抽签当天，傅渔紧张得不行，在宿舍里来回踱步，嘴里念叨着："附院，附院，保佑保佑。"

　　虞萝自己写了一盒字条，提前试试手气，抽了三次都是附院，她心情大好，吵着嚷着让她们也来试试。

　　傅渔刚伸出手，阳台上的闻月说话了："你们不怕运气都用在这儿了吗？"

　　她立马又缩回来："算了算了，听天由命。"

　　虞萝悲伤："不是吧不是吧……"

　　傅渔端着洗衣盆出去，看见闻月说："你居然还有闲情逸致看楼下的小情侣谈恋爱？"

　　"不然呢？"

　　"你不紧张吗？"

　　"我无所谓，反正去哪里都是异地恋，儿童医院离他那边还更近。"

　　"也是哦。"她把衣服扔进洗衣机里，又说，"我看程描学长发朋友圈说自己没有暑假，你男朋友呢？"

　　许雾比起程描来说算好的，但又不好。

　　"他八月放，放一周，可是我们七月就去实习点了。"

　　原来异地恋这么难，光是想见的时候见不到就够折磨人的了。

　　下午抽签，三人运气好，全在附院。

　　闻月中午说着无所谓，真到了抽签的时候，看到自己和室友全抽到了附院，喜悦之情溢于言表。

　　傅渔恨不得当场敲锣打鼓："我们还在一起，啊啊啊啊啊！"

　　三人决定晚上出去庆祝一番。

　　虞萝想喝酒，非拉着她们俩一起。

　　散场后，大家都有点晕乎乎的，走在学校的林荫大道上，听着操场夜跑的音乐，虞萝感叹道："马上大五了，我们的校园生活好像要落幕了，以后的时间都在医院里度过了。"

傅渔问："我们一定要住在医院那边吗？可不可以住在学校里啊？"

虞萝："谁知道，老师什么也不说。"

傅渔："今天你点的那个酒好好喝，甜甜的。"

虞萝："没我姥姥自己酿的好喝。"

傅渔："闻月怎么不说话，喝醉了？"

夏日夜晚十分闷热，树上蝉鸣不断。

虞萝感觉头要裂开了，说了声："聒噪。"

傅渔以为在骂她，拽着虞萝的手臂委屈地说："你说我聒噪？以前宿舍里只剩我们俩的时候谁陪你聊八卦你忘了吗？你现在居然说我聒噪！"

"我说蝉，没说你。"

"别解释，酒后吐真言，我懂。"

"我看到我男朋友了。"闻月此话一出，两个人瞬间沉默，四处张望，并没有看到许雾。

傅渔抱着虞萝，悄悄说："她不会是出现幻觉了吧？"

闻月走得稍前，她回头一笑："我也觉得是幻觉。"

她们走到主干道的尽头，准备拐弯回宿舍时，闻月被人一把拽住，那人的手冰凉，手上还有水。

他是跑过来的，缓了缓说："看到我了也不等我？"

真的是许雾，闻月愣在原地："我以为我看错了。"

他声音温柔，替她把发丝捋到耳后："没看错，我真的来了。我请了一天假，加上周末能待三天。"

虞萝拽着傅渔赶紧溜了。

只剩两个人，闻月憋了好久的眼泪像珠串儿似的往下掉。

"怎么了？"许雾弯腰看着她，小心翼翼地替她拭去。

看到他的时候，之前一些委屈事全冒了出来：查房时因为答不出老师的问题被骂，下雨天走在路边被飞驰而过的车子溅了一身脏水，坐公交累得睡着坐过了站。

他在的时候，走路永远会让她走里侧，公交到站会叫醒她，还经常给她准备小惊喜，陪她上课，陪她吃饭逛街……最重要的是，每当她有负面情绪时，许雾总有办法第一时间帮她化解。

许雾是万能的，她和他在一起的每一刻都很开心。

"异地恋一点也不好。"闻月说出心声。

犹记得两人刚在一起时还因为讨论异地读研的事情闹过小情绪，当时闻月觉得异地没什么，无非就是不能天天见面，但可以视频啊。等真的异地了才知道，有些情绪隔着电话无法表达，需要他在的时候也不是一个电话能解决的。

这种感觉一点也不好。

许雾听了居然有点高兴，不自觉扬起嘴角，问她："那夏令营选哪所学校你想好了吗？"

她吸了一下鼻子，没有半分犹豫："S 大。"

"哈哈哈——"许雾大笑。

"笑什么，不许笑！"

"好好好，不笑不笑。"他像安抚小猫一样轻轻摸了摸她的头，"一年很快的，我只要有时间一定来看你。"

许雾说到做到，若是有双休，他便会乘周五半夜的飞机直达檀市，周日晚上再飞回去。

这样一年过得很快。

许雾跟导师请了几天假飞来檀市参加闻月的毕业典礼，还和傅渔、程描一行人拍了合照。

出学校后，闻月问："接下来我们怎么安排？"

"带你去看日出。"

闻月直到坐上高铁整个人还是蒙的："你什么时候计划的？"

"很早。"

"保密工作做得可以啊。"

"不然怎么给你制造惊喜呢？"

他们去了海市，为了看日出四点半起床，站在海边直打哈欠。

天边一片橙红，闻月光脚踩在沙子上，她往前走了两步，海水没过脚踝她才清醒了些。

"好困。"她心里有一瞬间觉得这日出也不是非看不可。

许雾拍了拍椅子，让她回来坐下。

"你先眯一会儿，等会儿太阳出来了我喊你。"

她靠在他肩上，嘴里嘟囔着："那你记得喊我。"

"嗯。"

五点多，遥远的天际露出小半个圆点，此时海边静悄悄的，被海浪冲刷的沙滩上只有他们俩的脚印。

"快看，太阳快出来了。"许雾提醒道。

闻月猛然醒来，举起脖子上挂的相机准备记录这个美好时刻。

摸到相机后，人清醒了不少。

闻月在前面拍日出，许雾在后面拍她，顺带把手机桌面和锁屏壁纸更新了。

约会经典项目，合影。

闻月架好三脚架，让许雾先站过去，方便找角度和光线。

"站这儿可以吗？"

"你往你的左手边站一点点，再一点点，好了。"

她弄好一切，飞奔到许雾身边。

大概拍了八张，闻月低头查看相片，这次拍的几乎没有废片，每一张她都很喜欢。

"我给你拍一张单人的，回头洗出来放在手机壳里。"

说着，闻月回头，只见许雾单膝跪地。她心跳加速，拿相机的手抖了一下。

　　她知道这一天会来，只是没想到是今天。

　　他迎着晨光，虔诚而温柔："我以前总是担心你不会看上又闷又无趣的我，所以'喜欢'两个字几次快要脱口而出时都被我生生咽了下去，最后实在忍不住了才偷偷地告诉你。我高中的时候在你数学卷子封条区留下过一串儿日期：20081117。这是你把牛奶分给我的那天，我记得你为我做过的每一件事。你知道我是个慢热的人，我想用我的方式去爱你，可能不会轰轰烈烈，但一定刻骨铭心。闻月，你愿意嫁给我吗？"

　　闻月完全不知道他在自己卷子上留日期的事情，看来他还挺有自知之明的，换成她早就憋不住了。

　　"我愿意。"

　　他们在曙光下拥吻。

　　许雾在给闻月的求婚戒指里侧刻了一道像小山一样的线，寓意是：即使翻山越岭，我们也要相见。

图书在版编目（CIP）数据

塔溺 / 葵十月著 . — 成都：四川文艺出版社，
2023.9
ISBN 978-7-5411-6743-0

Ⅰ.①塔… Ⅱ.①葵… Ⅲ.①长篇小说—中国—当代
Ⅳ.① I247.5

中国国家版本馆 CIP 数据核字 (2023) 第 152921 号

TA NI

塔溺

葵十月　著

出 品 人　谭清洁
特约监制　冯　倩
责任编辑　王梓画
责任校对　段　敏

出版发行　四川文艺出版社（成都市锦江区三色路 238 号）
网　　址　www.scwys.com
电　　话　010-82068999（市场部）　　028-86361781（编辑部）

印　　刷　三河市冀华印务有限公司
成品尺寸　146mm × 210mm　　　开　本　32 开
印　　张　7　　　　　　　　　　字　数　190 千
版　　次　2023 年 9 月第一版　　印　次　2023 年 9 月第一次印刷
书　　号　ISBN 978-7-5411-6743-0
定　　价　45.00 元